Corinna T. Sievers

MARIA ROSENBLATT

Roman

Edition Nautilus

Edition Nautilus Verlag Lutz Schulenburg
Schützenstraße 49 a · D-22761 Hamburg
www.edition-nautilus.de

Originalveröffentlichung · Erstausgabe August 2013
Umschlaggestaltung: Maja Bechert, Hamburg
www.majabechert.de
Druck und Bindung: Beltz Bad Langensalza
1. Auflage
Print ISBN 978-3-89401-779-8
E-Book EPUB ISBN 978-3-86438-142-3
E-Book PDF ISBN 978-3-86438-143-0

Dunkelheit hinter den Lidern, die Hand auf dem Oberschenkel des schlafenden Mannes.

Sie lag seit einer Stunde wach. Zeit aufzustehen, sie erhob sich, schlich zur Badezimmertür, drückte die Klinke herab, schaltete das Licht an.

Vor dem Spiegel. Augen groß und schwarz und bodenlos, die Oberlippe voll und geschwungen, Entschädigung für den Höcker auf der Nase, im Gesicht eine Falte, von der linken Augenbraue bis zum Haaransatz.

Sie stellte den Wasserhahn an, der Strahl hart und kalt, massierte ihre Stirn, die Falte blieb, jeden Morgen ein paar Minuten länger.

Sie griff in die Schublade, fuhr mit der Bürste durch das Haar, warf es zurück, nahm den Mascara, tuschte die Wimpern, dreimal, viermal, bis sie tiefschwarz waren, lang wie Spinnenbeine.

Nebenan im Ankleidezimmer schlüpfte sie in ein Höschen, neu und aus roter Spitze. Hannes würde es nicht bemerken, er hat aufgehört, auf ihre Signale zu achten.

Sie zog den Morgenmantel über, Samt, sein Rot etwas tiefer als das des Höschens, der Gürtel verknotet an ihrer schmalen Taille. Aus dem Schlafzimmer Hannes' Schnarchen, zwei Bier am Abend und seine Zunge sinkt in den Rachen, das pfeifende Luftholen. Manchmal wünscht sie sich, es bliebe aus, doch es kommt, sieben Mal pro Minute, vierhundertzwanzig Mal pro Stunde, dreitausenddreihundertsechzig Mal pro Nacht.

Maria schloss die Tür, wandte sich um, betrat das Zimmer der Kinder, blieb vor dem Bett stehen, beugte sich über die Schlafenden, sog die Luft ein. Das Mädchen roch nach Schokolade, der Junge nach Lakritze; sie schliefen auf einer Matratze, im Traum zusammengerückt.

In zehn Minuten würde sie den Jungen aus dem Bett heben, ihn schlafend ins Badezimmer tragen, bereitmachen für den Tag. Das ist sein Privileg, sie nimmt ihm das Aufstehen ab. Er ist acht.

Sie liebkoste ihn, bewunderte seine kleinen Ohren, die runde Nase, seine Schönheit. Langsam wurde er wach, neugierig auf den Tag, und Maria dachte: Lieber Gott, mach, dass er ein gutes Leben hat.

Wenn er auf den Weg gebracht ist, mit seinem großen Schulranzen auf die Straße getreten, kommt das Mädchen an die Reihe, es hüpft aus dem Bett, ist fünf und geht noch in den Kindergarten, das Haar zu Zöpfen geflochten, es will von Prinzessinnen und Prinzen hören und ob es auch einen bekäme, wenn es groß ist; natürlich, Kind, einen Prinzen, wie Papa einer ist.

Dann steht Hannes auf, ein wenig gekrümmt schon, die Konturen verwaschen, die Haut hat begonnen, sich von dem darunterliegenden Bindegewebe zu lösen. Sein Geschlecht ist groß, was sie früher erregt hat; wenn sie masturbiert, denkt sie noch immer daran. Indessen hat es seinen Betrieb eingestellt.

Maria ging in die Küche, entzündete ein Streichholz, hielt es an die Kerze auf dem Küchentisch, stellte das Radio an, Händel, dann die Kaffeemaschine.

Es gibt Tage, da hindert ihre Wehmut sie am Gehen, am Essen, am Atmen, plötzlich war sie da und hat sich nicht mehr vertreiben lassen. Als Maria bewusst wurde, wann Hannes das letzte Mal mit ihr geschlafen hatte – bei der Zeugung ihrer Tochter –, wich die Leichtigkeit aus ihrem Leben; sie fühlte sich ausgeblutet.

Sie bereitete das Frühstück der Kinder, Marmeladenbrötchen, heißer Kakao, im Radio beklagte Alcina den Verlust ihrer einzigen Liebe Ruggiero, wenigstens liebt Alcina, dachte Maria, was ist größeres Leid, wahnsinnig zu werden aus Liebe oder weil es sie nicht gibt?

Die Kinder waren aus dem Haus, Hannes am Frühstückstisch, er hatte die Zeitung entfaltet. Er schätzt es, wenn sie unberührt ist, Maria vermeidet, sie aufzuschlagen, bevor er es getan hat. Einmal, im Sommer, hatte ein Vogel auf die erste Seite geschissen, er mochte auf dem Briefkasten gesessen und gesungen haben, ehe er sein Geschäft machte, Hannes weigerte sich, die Zeitung anzufassen, Maria entfernte den Fleck mit bloßen Händen.

Jetzt trank er seinen Kaffee in kleinen Schlucken, Maria schob die Hand unter seine, er blickte auf und nickte. Maria blieb sitzen, wartete, dass er begänne, sie zu streicheln, aber Hannes' Hand lag da wie ein toter Vogel, mit einem Ruck zog Maria den Arm fort.

Hannes griff mit der befreiten Hand nach seiner Tasse, Maria erhob sich und stieg die Treppe hinauf ins Bad, ihres getrennt von seinem.

Sie schlang das Haar zu einem Knoten, frische Kleidung hatte sie am Vorabend bereitgelegt, den roten BH, der ihren kleinen Brüsten Fülle gab, ein kurzes, tief ausgeschnittenes Kleid aus violettem Samt, darunter blickdichte Strümpfe. Für den Fall, dass der neue Staatsanwalt sich vorstellen würde: ins Köfferchen eine weiße, hochgeschlossene Bluse, einen dunkelblauen Rock, der über die Knie reichte.

Es wurde Zeit zu gehen, doch vorher noch einen Walzer auf dem Klavier, sie setzte sich an den Flügel, schlug das

Notenheft auf, begann zu spielen, Chopin, *Valse in cis-Moll*, der Lack an ihren Fingernägeln glänzte matt.

Der letzte Akkord cis-Moll, aber Maria spielte ein Eis statt eines Es, ließ den Walzer in Dur enden statt in Moll, hinunter in die Küche, Hannes über das lichte Haar fahren, der war noch immer über seine Zeitung gebeugt. Maria: Sie müsse gehen.

Hannes begann, die Zeitung zusammenzufalten und glatt zu streichen, und wieder das alte Thema: Er sähe es lieber, wenn sie zuhause bliebe, er habe genug geschafft in seinem Leben für die Familie, sie haben doch alles, was man braucht. Maria: »Ich brauche die Welt da draußen«, in Gedanken: In Wirklichkeit bin ich auf der Flucht, ich weiß nur nicht, wovor. Hannes erwiderte, sie arbeite sich noch zu Tode, etwas stimme nicht mit ihrer work-life-balance. Selbst an den schönsten Stränden der Welt renne sie stundenlang und liege hinterher halbtot auf dem Rücken im Sand. Maria zu sich: Zwischen meinen Brüsten ein winziger See von Schweiß, aber das siehst du nicht, zu Hannes sagte sie: »Eher mit meiner work-*love*-balance«, sie betonte das Wort *love*, damit Hannes der Sinn nicht entginge, doch der hatte ohnehin verstanden, er ist ein aufmerksamer Zuhörer.

Im Flur standen ihre Stiefel, fünf Paar nebeneinander, Brauntöne von Haselnuss bis zu dunkler Schokolade, sie stieg in die kniehohen und nahm ihre Aktentasche, auch davon besaß sie fünf in zugehörigem Ton. Sah nach in der Tasche, ob die Mappe da war, Kinderpornographie im Internet, die hatte sie am Vorabend noch einmal durchsehen wollen. Aber sie war eingeschlafen zwischen Heinrich und Elisabeth, und als sie gegen halb zwölf aufwachte, zog sie um in das Ehebett. Hannes, mit einem Kissen im Rücken, Schopenhauer vor der Nase, seinem Bruder im Geiste, wie er sagte, warf Maria einen Blick zu, er habe schon gedacht, sie käme nicht mehr. Maria wusste nicht, was antworten, sie legte die Akte in ihren Schoss und begann zu blättern.

Erst gestern hatte sie den Fall an sich gezogen, den Oberstaatsanwalt bedrängt, das sei Frauensache, auf seine Nachfrage, wie sie darauf käme, sagte sie, die Opfer seien fast ausschließlich Mädchen. Der Oberstaatsanwalt hatte mit den Schultern gezuckt, das nenne er weibliche Logik.

Das erzählte sie Hannes, ohne ihn anzugucken, Hannes entgegnete: Sie habe ein Herz für Kinder, das sei schön, aber ihre eigenen könnten auch etwas Zuwendung gebrauchen, besonders tagsüber, nachts hätten sie wenig davon, wenn sie neben ihnen schliefe.

Daraufhin hatte er das Licht gelöscht.

Draußen war es kalt, sehr kalt selbst für Dezember, im Radio sagten sie, die globale Erwärmung lege eine Pause ein. Maria beschloss, einen Spaziergang durch ihren Garten zu machen, groß und gepflegt von einem Heer von Gärtnern, Portugiesen, Brasilianer, gelegentlich Serben, die im Frühjahr anrücken, Wipfel erklimmen, den Nussbaum stutzen, Unkraut zupfen, ohne sich je aufzurichten. Die harte Arbeit hat ihre Körper gestählt, Maria bewundert ihre Schönheit und Körperlichkeit.

Sie trat an das Gehege, der Zaun mannshoch, es gab einen Fuchs, dahinter auf der verschneiten Wiese drei weiße Hühner, Hannes will jeden Morgen ein frisch gelegtes Ei.

Die Hennen standen reglos, Maria steckte die Finger durch die Maschen: »Was ist los mit euch«, sie hatte ihnen ein paar Krümel von Hannes' Frühstücksbrot mitgebracht, sie selbst frühstückt nie. Eine Frau kann nie dünn genug sein, merkt euch das! Sie ließ die Krumen fallen, zog die Hand zurück, die Fingerkuppen weiß vor Kälte: Sie sehe schon, ihnen fehle ein Hahn, den schenke sie ihnen zu Weihnachten, einen ganz prächtigen, bunten. Sie flüsterte nicht mehr, sie rief, ihre Stimmungen wechseln plötzlich: »Der euch jeden Tag fickt, alle drei!«

Ihr Blick ging zum Küchenfenster, aber es war geschlossen, im Winter hält Hannes alles verriegelt, auch wenn Maria einwendet, daran zu ersticken.

Sie sah auf die Uhr, fünf nach neun, die Sandwiches für den Lunch! Eilig lief sie zum Auto, ein Mercedes Coupé CLS, das aktuelle Modell, Hannes pflegt die Wagen häufiger zu wechseln als sein Eau de Toilette, das ist Maria nicht unrecht, sie mag den Geruch neuer Autos, er erregt sie, möglicherweise ein lange zurückliegendes Erlebnis auf der Hinterbank eines Neuwagens ihrer Eltern.

Sie warf ihre Aktentasche auf den Beifahrersitz, sich anzuschnallen hält sie nicht für nötig, sie ist Kommissarin bei der Stadtpolizei.

Eine Fahrt von fünfzehn Minuten, vorbei an feudalen Anwesen, wenige so groß wie ihr eigenes, der Flecken, auf dem die Hennen picken, ist ein Vermögen wert, es ist eine goldene Küste.

In der Stadt ist wieder die Hölle los, in wenigen Tagen Weihnachten, die Straße führt am Fluss entlang. In Pelz gekleidete Mütter, beladen mit Paketen, hier spart man nicht am Glück der Kinder, man kauft es ihnen, Berge von Glück. Dass sie noch nichts für Elisabeth und Heinrich habe, dachte Maria, womit spielt man mit fünf, mit acht Jahren, sie würde das Kindermädchen einkaufen schicken.

An der Ampel wartete ein Mann im Anzug, zwei Geschenke, in goldenes Papier gewickelt, von gleicher Größe und Form, unter die Arme geklemmt, eins für die Ehefrau, eins für die Geliebte. Einige von Marias Nachbarinnen teilen sich den Mann, dass Hannes sie betrügt, unmöglich, sie traut es ihm nicht zu.

Sie fand einen Parkplatz am Münster, vergaß den Parkschein. Hannes hätte kein Verständnis für solche Nachlässigkeiten, sie sei eine Hüterin des Gesetzes.

Den Poncho über die Schultern gelegt, der Hals frei, das Dekolleté tief, Sohlen aus Leder, ein federleichtes Geschöpf, sie eilte zur Bahnhofstraße, rutschte auf dem nassen Pflaster aus, fing sich wieder. Sie verabscheut Schuhe mit Gummisohlen und Profil, dafür werden ab November ihre Füße gefühllos und bleiben es bis März, sie strauchelt häufig.

Die Bar der Crédit Suisse gegenüber ist bekannt für ihren Kaffee, der teuerste Kopi Luwak, seine Bohnen haben den Verdauungstrakt der Zibetkatze passiert, die Tasse für dreiundfünfzig Franken. Drinnen fast nur Männer, Ärzte, Anwälte, Banker, der Geruch von nassen Mänteln, getoastetem Brot. Maria erkämpfte sich einen Platz am Tresen, neben ihr ein fideler Dicker, Mitte fünfzig, für einen Wochentag elegant gekleidet, Maßanzug, Fliege, er nickte.

Plötzlich überfiel sie der Wunsch zu bleiben. Zu vergessen, dass sie fünfundvierzig ist und verheiratet, Kinder hat, ein öffentliches Amt bekleidet.

Sie kam an die Reihe, ihre Bestellung: acht Sandwiches mit Roastbeef, schwedischem Lachs oder Roquefort, einhunderteinundachtzig Franken für das Wohlwollen der Kollegen.

Sie zahlte bar. Hannes prüft die Kreditkartenabrechnungen, er wäre entgeistert, dass das Roastbeef vom Koberind im Magen einer Schreibkraft landete.

Auf ihrer Schulter plötzlich eine Hand, der Dicke, von nahem sah sie, dass er schwitzte.

Er zeigte auf die Tüte: »Großen Hunger heute?«

Maria: »Damit füttere ich meine Männer.«

Der Dicke: »Sie machen mich eifersüchtig.«

Ihre Blicke scharf aufeinandergerichtet, Verlangen in seinen Augen und auf seinen Lippen.

Sie schob sich rückwärts zum Ausgang.

Die Tür zur Bar schloss sich, schnitt die Stimmen ab. Es hatte begonnen zu schneien, Stille, als habe jemand eine Decke über den Asphalt gebreitet. Maria erregt, sie hob den Poncho, als müsse sie ihren Unterleib kühlen, bis die Straßenbahn kam und sie aus dem Weg klingelte. Ein Satz zurück, sie begann zu laufen, beim Zunfthaus um die Ecke, geriet in Schieflage, ruderte mit den Armen, stürzte auf das Pflaster, die Tasche mit den Broten unter sich begraben.

Dann kehrten die Geräusche zurück, ein Schmerz in Hüfte und Arm, Tränen, die den Lidstrich verschmierten, Marias erster Gedanke: Ob sie einen Kajalstift dabeihabe, sie holte Luft, stützte den Arm auf das Pflaster, ihr Becken hielt.

Eine Stimme sagte: »Ganz vorsichtig«, sie werden es jetzt zusammen probieren, auf drei. Der Befehl kam von hinten, kraftvoll wie die Hand, die Marias Arm ergriff, eins, zwei, drei.

Sie wurde auf die Beine gestellt, hielt die Augen geschlossen, die Schmach, gestürzt zu sein, war groß.

Bitte, sie solle ihn ansehen.

Als sie die Augen öffnete: Ein Schal aus grauer Seide, ein Mantel aus braunem Kaschmir, der Fremde über eins neunzig, mit der weichen Stimme eines Bassbaritons, sie müsse ihren Poncho ausziehen, er sei ja ganz nass.

Maria gehorchte, ließ ihn sich abnehmen und sich in einen langen, großen Herrenmantel hüllen, in die Wärme und den Geruch eines Unbekannten.

Der Mann beugte sich zu Boden, reichte Maria die Tüte, verneigte sich, kein »Auf Wiedersehen«. Er wandte sich ab und schritt davon, über dem Unterarm Marias schmutzigen Poncho, der Schnee fiel dicht, der Mann verschwand im Gestöber, Maria zweifelte an ihrer Wahrnehmung, möglicherweise hatte es sich um einen Engel gehandelt, Augen blau, dunkles Haar, die Stimme aus Samt.

Sein Mantel reichte ihr bis zum Boden. Sie fuhr in die Taschen, rechts ein gebügeltes Taschentuch, links eine Schachtel Zündhölzer, Maria streckte den Arm, las im funkelnden Licht der Weihnachtsbeleuchtung: *Vogelnest,* darunter: *Club im Niederdorf,* vielleicht sein Stammlokal.

Einen Moment stand sie verloren, dann schlug es halb elf von St. Peter: Die Kollegen! Sie würden sich das Maul zerreißen über ihre unpünktliche Vorgesetzte. Maria raffte den Saum und eilte davon.

Die Polizei war in einem historischen Gebäude untergebracht, hinter Säulen, Bögen und Schmiedeeisen Marias Amtszimmer zum Fluss hin nach Osten.

Sie betrat das Büro, an seinem Schreibtisch saß Detlef, ihr Stellvertreter, leptosome Gestalt, helle Wimpern über wasserblauen Augen, deutscher Herkunft, wie Maria mit dreizehn oder vierzehn in die Schweiz gekommen. Zu spät, um noch den Dialekt zu lernen, nach einem »Grüezi« weiter auf Hochdeutsch. Blick auf die Uhr an der Wand: Sie könne ja machen, was sie wolle, sie sei hier die Chefin, aber wenn sie Pünktlichkeit von den anderen verlange?

Maria streifte den Mantel ab, drehte und wendete ihn, studierte die eingenähten Etiketten, das Emblem eines italienischen Herrenschneiders, eine Anleitung zur Reinigung, nur chemisch. Hängte ihn über den Garderobenständer, alles mit Bedacht. Würde Detlef so gut sein, die anderen zu holen, in fünf Minuten sei Besprechung. Keine Frage, ein Befehl, auch das besaß Maria: Strenge.

Der Raum war überheizt, sie fächelte sich Luft zu, ein irritierter Blick auf die geschlossenen Fenster, es roch nach Füßen, ob Detlef seine Turnschuhe unter dem Tisch ausgezogen habe?

Detlef senkte den Kopf: schuldig im Sinne der Anklage. Er erhob sich und öffnete ein Fenster mit messingfarbenem Riegel, dann begann er, Marias Habe einzusammeln, Tüte und Ordner, Schreibzeug.

Maria ging voran, dahinter Detlef, den Kopf in den Nacken gelegt, die Lippen vorgeschoben. Er behauptet, Maria zu riechen, bevor sie einen Raum betritt und lange, nachdem sie ihn verlassen hat. Den Blick auf ihr Gesäß gerichtet, klein und spitz unter dem Tuch des Kleides.

Vor langer Zeit waren sie ein Paar gewesen. Bilder, in Detlefs Netzhaut eingebrannt: Maria beim Akt (mit Büstenhalter, sie bevorzugte es, sich in Dessous ficken zu lassen), Maria entblößt (nach dem Ficken und ohne sich zu reinigen). Am nächsten Morgen: Maria in der Dusche, schmal und aufrecht, mit Schaum im Streifen krausen braunen Haars zwischen ihren Schenkeln.

Detlef war ihr hörig gewesen.

Schon nach zwei Monaten langweilte sie sich. Er war ein ausdauernder Liebhaber, gewiss, doch Maria wollte Worte hören während des Liebesspiels, *schmutzige* Worte, und diese auch sagen, Detlef war dazu unfähig, auch nach eingehender Unterweisung. Sie verließ ihn.

Seitdem beklagt er sich, er könne nicht mehr lieben, er vögele nur noch, und immer seien sie blond, andere Töne, von brünett bis schwarz, führten dazu, dass ihm sein Schwanz den Dienst versage. Maria schneidet ihm das Wort ab, wenn er davon anfängt. Es ist vorbei zwischen ihnen.

Jetzt klopften sie an Türen und öffneten sie. Maria sah in jedes Zimmer, widerstrebend erhoben sich die Männer und folgten ihr in das Konferenzzimmer am Ende des Flures mit einem Besprechungstisch aus Resopal und zehn harten Stühlen. In der Mitte des Tisches eine Plastiktanne, an den Ästen mehrfarbige LED-Leuchten. Die ist Detlef zuzutrauen, dachte Maria und setzte sich, ihr Stammplatz am Kopfende, die Plätze rechts und links neben ihr blieben leer.

Allesamt Hasenfüße, dachte sie und lächelte über den sprachlichen Anachronismus. Die Männer waren mit ihren

Hemdsärmeln beschäftigt, zogen sie zurück und betrachteten ihre Armbanduhren, die Besprechung hätte vor eineinhalb Stunden beginnen sollen.

Maria saß aufrecht, die Unterarme auf den Tisch gelegt, die Hände wie zum Gebet gefaltet, sie öffnete den Ordner und schob ihn nach rechts: Es handele sich um eine neue Ermittlung, die Kollegen mögen einen Blick auf die Fotos werfen, bevor sie fortfahre. Detlef beobachtete sie aus dem Augenwinkel, wie schmal ihre Lippen wurden, wenn sie kommandierte, unvorstellbar, dass das die Frau war, aus deren Mund ein süßes Flüstern kam, wenn sie es trieb, Liebeslaute wie ein Wimmern. Er löste den Blick und zwang sich zu blättern, nickte wortlos und reichte die Akte weiter; nach und nach verstummten die Männer, der Ordner kehrte zu Maria zurück.

Diese Fotos, Maria leise, aber bestimmt, kursieren im Netz, die Kollegen sehen die Geschlechtsteile kleinster Kinder, hier und dort Männerfinger in dünnen Latexhandschuhen, die winzige Schamlippen spreizen und in die Vagina oder den Anus der Opfer eindringen. Stillschweigen, abgewandte Köpfe, Männer ertragen Begriffe wie *Schamlippen*, *Vagina* und *Anus* nicht, zumal aus dem Mund einer Frau.

Urs hob die Hand: Ob die Opfer vielleicht schliefen?

Er ist derjenige, der mich am wenigsten fürchtet, dachte Maria, seine Furchtlosigkeit ist Ausdruck mangelnder Intelligenz. Oder seiner Trunksucht, wie seine Bäckchen zittern.

Vielleicht seien sie tot, so Simon, noch im Sitzen ein Hüne, dichtes blondes Haar, zehn Jahre jünger als Maria; ihr Widukind, ewiger Widersacher Karls des Großen (Marias Leidenschaft ist mittelalterliche Geschichte).

Er war vor fünf Jahren zu ihrer Truppe gestoßen, hatte ihr zu Beginn schöne Augen gemacht, dann verflog das Interesse, sein Geltungsdrang war unvereinbar mit Marias Machtanspruch.

Jetzt starrte er Maria an, und *wenn* sie tot wären, ob der Erkennungsdienst das feststellen könne?

Maria griff nach ihrem Füller, Caran d'Ache, ein Geschenk von Hannes aus den ersten Monaten der Beziehung. Man müsse heimische Ware kaufen, um den im Zuge der Globalisierung in Bedrängnis geratenen Großkapitalismus in der Schweiz zu unterstützen, hatte er gesagt, Qualität habe ihren Preis, sie presste die Lippen aufeinander und schrieb. Eine Kurzschrift oder Geheimschrift, in Wirklichkeit sind es Phantasiezeichen, was nur Detlef weiß, aus Höflichkeit zu Papier gebracht. Die Männer sollen sich ernst genommen fühlen, tatsächlich verlässt sich Maria nur auf sich selbst.

»Ist es immer dieselbe Hand?« Roman blickte auf die Fotos, die Akte auf dem Schoß, er spricht als einziger Schweizerdeutsch; aus Trotz, weil Maria ihn bei der letzten Beförderung übergangen hat, und aus Vaterlandsliebe. Gebürtig aus Uri, einem der drei Urkantone der Schweiz, ähnelt er dem Wappentier seines Standes, einem Stier mit starken Augenbrauenwülsten, einer breiten Nase und großen Nüstern. Er schließt seine Rede mit einem »Gopferdammi«.

Maria hielt den Kopf gesenkt, die Männer begannen, durcheinanderzureden. Roman: Es scheint dieselbe Hand zu sein, das Latex lässt einiges durchschimmern, Urs: Mal sind die Nägel kürzer, mal länger, hier und da ist eine kleine Wunde erkennbar, Simon: Möglicherweise kann man anhand der Länge der Nägel feststellen, wie viel Zeit zwischen den Aufnahmen der Bilder liegt, Roman: Da ist eine Art Warze am rechten Mittelfinger, Simon: Die Herkunft des Ringes sollte zu ermitteln sein, daraufhin Urs finster, *er* sei jetzt an der Reihe gewesen und habe dasselbe sagen wollen, die Männer am Tisch verstummten.

Maria erhob sich, Detlef im Stillen: Sie ist eine Bohnenstange, warum noch diese Absätze, Männer sehen ungern auf zu einer Frau. Auch ich hatte einst Angst vor ihr, dann wurde ich für meinen Mut belohnt. Bei diesem Gedanken wich sein Groll leisem Stolz: Er hatte sich aufrecht mit seiner Riesin vereinigt, sie im Stehen gefickt von vorn und von hinten.

Maria beendete die Sitzung: »Meine Herren, das ist ein guter Anfang gewesen, Detlef hat nun eine Stärkung für alle«, man treffe sich um halb eins zur Einteilung der Aufgaben.

Sie verließ den Raum, gab über die Schulter hinweg als Letztes bekannt, sie selbst esse heute nicht zu Mittag.

Zurück im Büro saß sie in ihrem Drehstuhl vor dem Fenster, einem alten schwarzen Ledersessel aus den sechziger Jahren, die Beine verchromt, nicht schön, doch bringt sie es nicht fertig, ihn zum Trödler zu tragen. Er hat ihrem Vorgänger gehört, und davor dessen Vorgänger, sie ist die erste Frau in dieser Position.

Der Sessel in Form eines Eis, Brutstätte für Ideen, jetzt aber herrschte Leere in ihrem Kopf. Sie hielt ihn geneigt, die rechte Hand an der Stirn, ein Pochen, Vorbote einer Migräne. Ein ausgefülltes Liebesleben helfe gegen Spannungskopfschmerz, hat sie gelesen, vielleicht brauchte sie einen Liebhaber, das Hämmern in ihrem Kopf wurde wütend, vorsichtige Schritte zum Garderobenständer. Dort hing neben dem fremden Mantel Detlefs Lederjacke, ein abgewetztes Stück, das sie schon aus Zeiten ihrer Liebschaft kennt. Maria stieß sie beiseite, steckte die Nase in den Kaschmirmantel. Möglicherweise ist dieser Mann anders.

Die Tür flog auf, Detlef trat ein, der Duft von Automatenkaffee, er stellte die Becher auf den Schreibtisch, unzählige Tassen haben darauf ihre Ringe hinterlassen. Wem der Mantel gehöre, er sehe teuer aus.

Maria überhörte die Frage, griff nach ihrem Becher, setzte ihn an die Lippen, zuckte zusammen, Detlef zur Stelle, nahm ihr den Kaffee ab, rührte um, blies: Woher sie die Bilder habe?

Die Staatsanwaltschaft habe sie geschickt, Maria biss sich auf die Oberlippe, du mit deinem heißen Kaffee. Um seine Frage zu beantworten, die Bilder werden per MMS an einen kleinen Kreis von Empfängern verschickt, auf Prepaidhandys, und zwar nur auf diese.

Wie der Staatsanwalt daran gekommen sei, Detlef reichte ihr den Becher zurück, sie solle es noch einmal versuchen. Maria nahm einen Schluck und erwiderte, sie glaube, es sei Zufall gewesen mit den Bildern. Hoffentlich wird das Koffein ihrem Kopf guttun. Es hat sich um ein verlorenes Handy gehandelt, ein junger Mann, der es fand, war neugierig und hat die Mails gelesen, er begriff, dass hier etwas nicht stimmt, erstaunlich eigentlich bei alldem, was die im Internet zu sehen bekommen.

Ob es eine Möglichkeit gebe, an die Kundendaten zu kommen, fragte Detlef. Maria schüttelte den Kopf, die Anbieter von Prepaidkarten seien nicht verpflichtet, Namen und Anschrift des Kunden zu kontrollieren, Falschangaben seien nicht einmal gesetzlich verboten. Sie tastete nach ihrem Hinterkopf, an dem ein Chignon saß, eine absichtslose Gebärde.

Detlef verwirrte ihre Anmut. Wieder ruhte Marias Blick auf dem fremden Mantel, auch das verstörte Detlef, er hob den Arm, vollzog einige alberne Pantomimen in der Absicht, den leeren Becher in den Papierkorb zu werfen, Maria ungeduldig: »Sie werden Fehler machen, irgendwann Bilder auf ein Vertragshandy schicken oder auf ihrem PC abspeichern«, er solle jetzt endlich werfen, es gehe weiter.

Detlef warf und traf daneben, bückte sich und las den Becher auf, Maria: Bitte, sie habe wirklich keine Zeit für seine Albernheiten.

Sie zog ihn hinter sich her auf den Flur, rotes Linoleum, das pfennigrunde Dellen aufweist, Hunderte oder Tausende, die sich zur Mitte hin zu einer Fläche vereinigen, unübersehbar Spuren ihrer hohen Absätze. Die Verwaltung hatte sich beschwert, eine missgünstige Sachbearbeiterin in Slippern tauchte persönlich bei Maria auf. Sie nahm den Schaden in Augenschein, Maria auf ihren Pfennigabsätzen konnte nicht leugnen. Alsdann: Man müsse sich Gedanken über die Qualität des Linoleums machen, und ob sie vielleicht Birkenstocks tragen solle, sie lasse sich wegen ihres weiblichen Schuhwerks nicht diskriminieren, sie erwäge, sich an die Gleichstellungsbeauftragte des eidgenössischen Justiz- und Polizeidepartements zu wenden. Fortan herrschte Ruhe.

Jetzt blieb Maria stehen. Detlef prallte gegen sie, bat um Verzeihung. Maria winkte ab, deutete mit der Hand auf die Tür zum Damen-WC, Detlef solle nicht auf sie warten, die anderen seien bereits im Besprechungsraum versammelt. Detlef hätte es vorgezogen, vor dem WC stehen zu bleiben, sie waren sich einmal da drinnen begegnet, er hatte es gewagt, ihr zu folgen, sie saß auf der Toilettenbrille: »Sieh mir zu«, spreizte die Schenkel, befriedigte sich mit ihren flinken, langen Fingern, dabei stieß sie mit der Fußspitze an seinen steifen Schwanz, drückte Detlef von sich und wies ihn aus der Kabine. Die Begebenheit lag lange zurück, Detlef erinnerte jedes Detail, die Farbe ihres Höschens und des Nagellacks an ihren Zehen, er starrte auf die Tür der Damentoilette.

Maria auf der anderen Seite vor dem Spiegel, das Licht war grell und fiel von oben, es formte eine Landschaft auf ihrem Gesicht, Fältchen wurden zu Tälern, Poren zu Kratern, eigentlich ist sie stolz auf ihre Haut, den zarten, blassen Teint, ihre Sommersprossen, im Sommer trägt sie Hut und hochgeschlossene Blusen, wie ein Bild von Edouard Manet. Sie würde einen Termin bei der Dermatologin vereinbaren, botoxen, was für ein Wort. Die Ärztin sagt, man könne nicht früh genug damit beginnen. Es ist nicht das erste Mal, die letzte Injektion liegt einige Monate zurück, Marias Körper hat das

Gift abgebaut und verstoffwechselt. Das Honorar: eintausendzweihundert Franken. Dreimal im Jahr, das macht dreitausendsechshundert. Hannes weiß nichts davon, vom Botox ebenso wenig wie von dem Eingriff beim Venerologen, der ihre Krampfadern in Kurznarkose verödet hat, siebentausendsechshundert Franken. Für solche Fälle besitzt sie ein geheimes Konto.

Sie blickte auf die Uhr, die Besprechung lief seit fünfzehn Minuten, es war nicht einfach für Detlef, die unbeliebten Aufgaben zu verteilen: das Abklappern der Handyläden, die Befragung der Anwohner am Fundort, all das bei Minusgraden. Lieber hockten die Männer am Schreibtisch, tranken Kaffee, recherchierten, vorzugsweise im Netz. Nicht, dass Maria ihnen etwas unterstellen will, oder vielleicht doch. Sie hatte die interne Ermittlung beauftragt, die Festplatten aller Mitarbeiter zu überprüfen, jeder einzelne Rechner war an die Reihe gekommen, Roman hatte stundenlang auf youporn.com gesurft. Zur Rede gestellt, schob er fadenscheinige Beweggründe vor. Das hatte ihn die Beförderung gekostet.

Sie verließ das WC, eilte über den Flur zum Besprechungsraum. Die Männer erhoben sich gerade, nur Detlef saß noch da und machte sich Notizen. Vielleicht roch er Maria, ohne aufzublicken deutete er auf den Stuhl neben sich. Maria machte breitbeinig Halt, sie weiß, wie sie ihren Mann steht.

Detlef reichte ihr die Liste, Simon habe er für den Außendienst eingeteilt, es sei ihm am ehesten zuzumuten, sich den Arsch abzufrieren, Urs und Roman dürften Bürodienst leisten, Roman habe die höchste Medienkompetenz. Maria entfuhr ein Lacher, wieso sie ihn immer auslachen müsse, fragte Detlef, Roman sei doch wohl in der Lage, Bilder an Krankenhäuser, Tagesstätten, Kinderheime zu versenden, die Technische Abteilung bemühe sich derzeit, Hinweise auf den pornographischen Gegenstand zu retuschieren, hoffentlich würde ein Kinderarzt den Leberfleck an der Leiste eines Säuglings wiedererkennen, oder einen kleinen Blutschwamm.

Maria nickte, schön, ja, jetzt müssten sie hoffen, dass ihnen der Zufall zu Hilfe käme, sie selbst wolle sich ein paar Stunden zurückziehen, in die Thematik vertiefen, ein Gefühl entwickeln für die Methodik des Gegners. Detlef sollte so freundlich sein, ihr die anderen vom Leib zu halten und sich selbst auch, ja, das vor allem, damit sie irgendwann gegen neunzehn Uhr nach Haus kann.

Es wurde Viertel nach acht, ihr Nacken schmerzte, als sie zuhause eintraf, ihre Augen brannten, ihr Magen seit Stunden leer, ihr war das Hungergefühl abhanden gekommen. Gegen drei Uhr nachmittags hatte ihr Detlef eine Banane auf den Schreibtisch gelegt, bereits geschält, abgesehen davon war er alle zwei Stunden mit einem Becher Kaffee aufgekreuzt, ein stummer Diener, der keinen Dank erwartet und auch nicht erhält, oder, wenn doch, zu einem späteren und gänzlich unvermuteten Moment.

Maria hatte sich eine Akte nach der anderen bringen lassen, auf ihrem Schreibtisch gestapelt und mit Zorn gesichtet. In den vergangenen Jahren hatte es zahlreiche Fälle von Kinderpornographie gegeben, Einzeltäter waren in der Mehrheit, Banden seit der Jahrtausendwende eine Ausnahmeerscheinung. Die Bilder im Internet stammten aus Privathaushalten, meist entstanden ohne das Zutun von Frauen, sie wissen von nichts oder dulden das Handeln ihrer Männer, bei den Opfern sind Mädchen in der Überzahl.

Jetzt stand Maria in der Küchentür, an den Rahmen gelehnt, der aus dunkler Eiche und hundert Jahre alt war. Das Kindermädchen im Begriff zu gehen, Ende zwanzig, aus dem Tessin, die Haut straff, prall der Busen, es spricht Italienisch.

Die Kinder hockten am Küchentisch, es hatte Streit um die letzte Gewürzgurke gegeben, Maria setzte sich dazu, nahm kleine Hände in ihre, teilte die Gurke, schob eine Hälfte in jedes Mündchen. Ihr müsst nicht streiten, Kinder, ihr müsst euch liebhaben.

Da platzten sie los, bezichtigten einander des Mundraubes, Marias Gedanken wanderten ab, ihr müsst euch liebhaben, und was ist mit Hannes und ihr?

Schon war die Gurke vergessen, die Kinder lachten wieder. Wie schnell sie vergeben, dachte Maria und stand auf, ging zum Kühlschrank, vielleicht war etwas vom Mittag übrig, sie entdeckte ein Schälchen Risotto, stellte es in die Mikrowelle.

Ob sie fernsehen dürften? Heinrich war aufgesprungen, legte seinen Kopf auf ihren Bauch, bitte, Mama, Maria vergaß ihre Vorsätze: Na gut, sie brauchte einen Moment Ruhe, aber nur eine Viertelstunde, Kinder. Dann bringe ich euch ins Bett, versprich mir, Heinrich, dass du dich heute bemühst, schnell einzuschlafen.

Sie aß im Stehen, räumte die Teller in die Spülmaschine. Als sie sich aufrichten wollte, schien das unmöglich, plötzlich glaubte sie, vor Erschöpfung umzufallen. Sie gab sich einen Ruck, trat noch einmal an den Kühlschrank, fand einen angebrochenen Gewürztraminer, schenkte sich zwei Dezi ein, dann noch einmal zwei, setzte sich an den Tisch und begann, in der Zeitung zu blättern, exakt gefaltet und im rechten Winkel zu den Tischkanten liegen geblieben. Auf der vorletzten Seite die Sterbeanzeigen.

An Tagen wie diesem stellt sie sich vor, ihr Name stehe dort, oder gemeißelt in einen der Grabsteine beim Steinmetz an der Seestraße. Einmal hatte sie seinen Laden betreten und einen schwarzen Monolithen angezahlt. Der Steinmetz lächelte milde, als sie den Auftrag am nächsten Tag stornierte.

Abends im Bett hatte sie Hannes gefragt, ob es ihm auch so ginge, dass er die Toten um ihre Ruhe beneide; Hannes war Psychiater und kannte sich aus mit den Abgründen der

Seele, aber nicht mit Marias. Er faltete die Hände im Schoß, setzte zu einem Vortrag an, die Suizidalität sei traumatisch bedingt, teilweise auch erblich. Sei ein Patient betroffen, versuche man es mit Psychotherapie und Psychopharmaka. Trotzdem komme es immer wieder vor, dass der Psychiater den Erkrankten verlöre. Maria warf ein, es sei doch wohl eher der Patient, der sich selbst verlöre. Hannes winkte ab, vor kurzem habe ein Depressiver seinem Leiden ein Ende gesetzt, indem er die ganze Packung Antidepressiva schluckte, er lachte laut, was selten vorkam.

Daraufhin hatte sie das Licht gelöscht und gegrübelt, welches *ihr* Trauma sein mochte, ihr fielen nur Männer ein, besonders derjenige, der neben ihr lag; am nächsten Tag ging sie zu ihrem Hausarzt und bat um ein Antidepressivum. Das liegt seither ganz hinten in der Badezimmerschublade.

Sie stieg die Treppe hinauf, ihr Bad liegt unter dem Dach, entkleidete sich. Wenigstens bleibt ihr erspart zu waschen, das macht die Haushaltshilfe aus Chile. Sie warf alles in die Wäschetonne, fuhr mit dem Zeigefinger unter der Achsel entlang, es war Zeit, sich zu rasieren, sie nahm sich vor, nicht länger als bis zum Wochenende zu warten. Sie drehte den Hahn auf, stieg in das heiße Wasser, ließ sich sinken und schloss die Augen, jetzt nicht an die missbrauchten Kinder denken, in ihrem Kopf tauchte auf: der Kaschmirmantel.

Ein Räuspern, sie schrak zusammen, zog die Hand zwischen den Schenkeln hervor und bedeckte ihre Vulva. Vor der Badewanne stand Hannes.

Immer schleiche er sich an, sie legte den anderen Arm über die Brüste, früher, als sie noch miteinander schliefen, hätte sie sich nicht geschämt, vor seinen Augen zu masturbieren.

Er solle sie bitte noch fünf Minuten allein lassen, Marias Stimme kläglich und anklagend. Sie dachte, nur er ist imstande, mich in einen kleinmütigen Menschen zu verwandeln. Hannes sagte kein Wort und verließ das Badezimmer.

Das Wasser war kalt geworden, das Bild des Fremden verschwunden. Maria fror, sie erhob sich, stieg aus der Wanne, griff nach einem Handtuch und trocknete sich ab, Gesicht, Schenkel, Brüste, die Brustwarzen schmerzhaft geschwollen in der Mitte des Zyklus. Sie strich mit der Fingerspitze darüber, noch könnte sie ein Kind haben, manchmal sehnte sie sich danach.

Dreimal war sie schwanger geworden, wenn sie das Kind mitzählte, dessen Leben endete, bevor es begann. Maria mit achtzehn noch nicht bereit, der Erzeuger ein Halbkrimineller, von dem sie sich aus Trotz hatte ficken lassen, ihre Mutter war außer sich. Noch immer betet Maria für dieses Kind – sie nennt es *das Verlorene* – und für sich selbst, wenn Scham und Schuld über sie kommen.

Sie schlüpfte in ein Nachthemd aus türkiser Seide. Keinen Erdentag hatte es sehen dürfen, losgebrochen von ihr und mit blinden Augen entsorgt. Lieber Gott, es hat ihm doch nicht wehgetan? Sie stand vor dem Spiegel, ließ die dünnen Arme herabhängen und wartete auf Antwort, aber Gott schwieg, oder es gibt ihn nicht, dachte sie.

Die Tür flog auf, Heinrich und Elisabeth in ihren Schlafanzügen, sie drängten sich vor an das Waschbecken. Maria zog das Mädchen an sich, beugte sich hinab und schob ihre Nase in das weiche Haar, so duften nur Kinder. Sie richtete sich auf und begann, Elisabeth einen Zopf zu flechten, strich einmal mit dem Kamm durch das kurze Haar des Jungen: »Zeit, zu Bett zu gehen, Kinder.«

Die Kinder liefen ihr nach, sangen, hüpften ins Schlafzimmer, kletterten in ihre Betten, am Kopfende stand ein Sessel, in den Maria sich setzte.

Das Buch vom Vorabend lag auf dem Boden, Hänsel und Gretel, schwarzweiß illustriert, von einer Düsternis, die Maria schaudern ließ, die Kinder aber verlangten danach, ungerührt vom Elend der anderen, solange sie selbst geborgen sind.

Maria begann vorzulesen. In ihrem Kopf: andere Kinder. Schlafen sie nur oder sind sie tot? Mitten in der Geschichte fielen Elisabeth die Augen zu, Maria mit bemühter Strenge: »Für dich ist jetzt auch Schluss, Heinrich.«

Er streckte die Hand nach ihr aus: »Mamachen, komm zu mir«, Maria nickte, obwohl sie wusste, dass Hannes es hasste, wenn sie das Kind verwöhnte, sie legte sich neben Heinrich und umfasste den kleinen, mageren Körper.

Kurz nach Mitternacht schreckte sie zusammen, die Arme noch immer um den Sohn geschlungen. Sie bettete den kleinen Körper, schlich aus dem Raum in ihr Schlafzimmer, legte sich neben Hannes, er kehrte ihr den Rücken zu: »Hannes?« Sie sei drüben eingeschlafen, er solle entschuldigen.

Sie lag regungslos, Hannes begann zu schnarchen, Maria starrte noch lange in die Dunkelheit.

Am nächsten Tag erwachte sie vor sechs, rollte ein Stückchen hinüber auf Hannes' Seite, ihre Lippen an seinem Ohr: Sie stelle ihm den Wecker, ob er die Kinder fertigmachen könne, sie müsse heute pünktlich auf dem Revier sein. Sie spürte seine Wärme, hielt einen Moment inne, angezogen von seinem Geruch. Dann seine Hand an ihrer Brust, doch war sie nicht gekommen, um zu liebkosen. Die Hand schob Maria fort.

Maria wich zurück, setzte die Füße auf den Boden, streifte das Nachthemd ab und warf es aufs Bett, nackt ging sie ins Bad.

Später in der Garderobe stand sie vor Hannes' Mänteln und dem des Fremden, nahm ihn vom Bügel, legte ihn über die Schultern, atmete seinen Duft. Ihr war, als sei er schwächer geworden, in ein paar Tagen wäre er verflogen.

Hannes kam die Treppe hinab, blau-grün karierter Morgenrock, dunkelgrüne Pantoffeln, er schüttelte den Kopf: Was sie da anhabe, ob der Mantel neu sei, er ist ja viel zu groß. Maria: Er sei nur geliehen, ja dann, bis heute Abend, ein flüchtiger Abschiedskuss.

Als sie das Auto auf der Einfahrt zurücksetzte, kam die Sonne hervor, Hannes stand an der Tür, von weitem ein alter Mann.

Detlef war schon im Büro, dabei hatte Maria gehofft, noch eine halbe Stunde für sich zu haben. Er saß am Schreibtisch und hob den Kopf, es gebe schlechte Nachrichten. Maria sagte abwesend: »So?«, zog den Mantel aus, hängte ihn an die Garderobe, strich mit dem Handrücken über die Wolle. Detlef stand auf und stellte sich neben sie. Der Kaffeeautomat ist defekt, er lachte laut, Maria roch seinen Atem, sein Aftershave.

Detlef: Er gehe jetzt nach unten in die Halle und hole ihnen Kaffee von dort. Maria nickte, setzte sich in den Sessel, drehte sich einige Male, hielt vor dem Fenster. Zwei Krähen querten den grauen Himmel. Detlef kehrte zurück, stellte einen Becher auf die Fensterbank, drückte Maria den anderen in die Hand. Übrigens, ihr Mann habe vorhin angerufen, eines der Kinder sei krank, ob sie sich melden könne. Er griff in die Hosentasche und zog ein Notizblatt hervor.

Maria: Ob er denke, sie wisse ihre eigene Nummer nicht, sie zerknüllte den Zettel und warf ihn auf den Boden. Detlef bückte sich, immer sei sie so gereizt, er zielte auf den Papierkorb und traf.

Es klopfte.

Die Tür öffnete sich, sie sah einen Arm, ihren Poncho, dann den Fremden, gebeugt, um durch den Rahmen zu passen, er ging auf sie zu, hielt ihr die Hand entgegen: »Lorenzo«, seine Stimme jetzt, da die Nebengeräusche fehlten, noch weicher als am Vortag, er sei der neue Staatsanwalt und bringe ihr den Umhang, aus der Schnellreinigung.

Er drehte den Kopf, schien etwas zu suchen, entdeckte den Garderobenständer, da sei er ja, sein Mantel, die Hand noch immer ausgestreckt, als Maria sich nicht rührte, ließ er den Arm sinken und wandte sich an Detlef.

Detlef hasst seinen Namen: »Schimanski«, er hasst das Gelächter, das darauf folgt, aber der Staatsanwalt sagte nur: »Angenehm.«

Wieder an Maria gewandt: »Frau Rosenblatt«, ihre Augen auf Höhe seines Adamsapfels, er würde gern ein paar Minuten mit ihr reden, er sitze in der Cafeteria, wenn es recht sei, und warte auf sie. Er lächelte, ein leises Klacken, als der Zeiger der Wanduhr um eine Minute vorrückte, dann räusperte er sich, nun gut, er wünsche einen schönen Tag, es habe ihn sehr gefreut, adieu, Herr Schimanski.

Er drehte um und verließ den Raum.

Maria schloss die Augen.

Öffnete sie wieder, sah Detlef an, seine Augen noch immer fest auf die Tür gerichtet, er solle sie doch bitte kurz allein lassen.

Detlef schüttelte den Kopf: Erst, wenn sie ihm sage, was *das* eben gewesen sei, Maria war schon dabei, ihr Köfferchen zu öffnen. Sie hielt den knielangen Rock in die Höhe, die weiße Bluse, hoffentlich ist nichts zerknittert, und ihren Unfall von gestern betreffend, *er* habe ihr aufgeholfen. Der *Gentleman.*

Detlef: »Aalglatter Typ, trotzdem solltest du dir überlegen, was du sagst, du wirst ein paar Jahre mit ihm auskommen müssen.« Maria stellte sich taub, streifte die wollenen Strumpfhosen ab, stieg in seidene, in den Rock, knöpfte die Bluse zu.

Sie trat an den Spiegel, die Frisur war akzeptabel, der Lippenstift verschwunden, der klebte an ihrem Kaffeebecher, aber nachtragen würde sie ihn nicht. Das hier wird kein Rendezvous.

Sie griff nach einer Zeitschrift, wollte etwas in den Händen halten, vergaß, sich zu verabschieden, verließ das Büro.

Detlef bückte sich und begann, ihre Kleidungsstücke einzusammeln.

Die Cafeteria liegt im Erdgeschoss, die Fenster gehen nach Osten zum gepflasterten Vorplatz des Präsidiums, im Winter streut eine der Sekretärinnen Vogelfutter. Die Sonne schien.

Der Staatsanwalt an einem Bistrotisch mit dem Rücken zum Fenster, vertieft in eine Akte, er sah erst auf, als Maria vor ihm stand.

Sie schob einen Hocker heran, würde den Rock anheben müssen, um aufzusteigen, mindestens bis zur Mitte des Oberschenkels, entschied sich dagegen, sagte, eigentlich stehe sie auch lieber, da nahm Lorenzo ihren Ellenbogen und zog sie nach oben.

Sie schwieg, blinzelte in die Sonne, der Staatsanwalt räusperte sich, es täte ihm leid wegen gestern. Er habe sich nicht vorgestellt, er blickte auf seine Hände.

Maria ließ einige Sekunden verstreichen, dann: Er dürfe von ihr aus den Kaffee bezahlen.

Lorenzo: Sie könne ja reden.

Er lächelte und erhob sich, ging an die Essensausgabe, sein dunkelgrauer Anzug saß tadellos, war womöglich maßgeschneidert, außerdem hält er sich gerade, dachte Maria, was ihn noch größer erscheinen lässt, und das weiß er. Lorenzo stand unschlüssig vor der Vitrine, in Verhandlung mit der Köchin. Maria stützte das Kinn auf die Fäuste und betrachtete ihn: Alles, was er tut, scheint mit Inbrunst zu geschehen, und dass das bei Detlef auch so ist, und warum es bei dem einen selbstverständlich aussieht und bei dem anderen bemüht, da kehrte Lorenzo mit einem Tablett zurück, darauf zwei Tassen und ein großes Stück Schwarzwälder Kirschtorte. Der Kuchen sei für Maria, die schob den Teller beiseite: Als Wiedergutmachung vollkommen ungeeignet, Frauen über vierzig essen keine Sahnetorte, sie warf einen Blick auf seine Hände, er sei wohl nicht verheiratet?

Lorenzo streckte die Finger beider Hände aus, wie sie sehe: kein Ring. Und sie?

Maria reckte das Kinn, es gebe einen Mann und zwei Kinder, sie sagte dieses munter und ihm ins Gesicht: Sie bereue nichts.

Lorenzo nickte, sie müsse sich doch nicht rechtfertigen, er nahm den Streuer, türmte den Zucker in seinem Cappuccino zu einem Kegel, er habe schließlich auch Fehler, drei, um genau zu sein, er schlafe jeden Morgen bis um neun, zweitens Süßes, er deutete mit dem Kopf auf den Zucker, der den Milchschaum durchbrach und in der Tiefe der Tasse versank, und drittens, seine hellblauen Augen fixierten Maria, schöne Frauen.

Marias Antwort kurz: Ja, fein, dann habe man das geklärt.

Sie schob die Beine unter den Tisch, wusste nicht, wohin mit den Füßen, da war nur Lorenzos Hocker. Ob er jetzt zur Sache kommen könne, sie habe nicht viel Zeit, sie sei im Moment an einer neuen Sache, ihr Fuß führte eine unwillkürliche Bewegung aus.

Lorenzo zuckte, beugte sich nach unten und rieb sich das Schienbein. Ja, er habe davon gehört, sie arbeite unter der Ägide von Staatsanwalt Gysin, dem Glückspilz, und das mache wirklich gar nichts mit dem Tritt eben.

Maria schlug die Beine übereinander. Lorenzo: Man sagt, sie sei die Beste, er musterte sie, ob sie ihren Spitznamen kenne?

Maria lächelte, natürlich, *das Hirn*, dann sagte sie kokett: »Nein, verraten *Sie* ihn mir.« Der Staatsanwalt rief: »Miss

Marple!« Am Nebentisch drehten sich Köpfe, er wieder leiser: Das ist natürlich ungerecht, die ist ja viel älter.

Maria rührte in ihrem Kaffee, er wisse doch, wie alt sie sei, der Schaum bespritzte Lorenzos Hand, die neben seiner Tasse abgelegt war, er habe doch ihre Personalakte gelesen. Sie sah ihm ins Gesicht. Spott war da keiner, eher eine Art von Rührung. Er hatte den Kopf schräg gelegt: Sie habe Recht, sein Blick fiel auf die Uhr, aber nun müsse er leider zur Verhandlung, damit erhob er sich, griff Marias Hand und zog.

Maria: Es werde schon gehen, aber es ging nicht, ungelenk rutschte sie von ihrem Hocker, und als sie wieder aufrecht stand, gab er ihr einen Handkuss, es habe ihn sehr gefreut und auf gute Zusammenarbeit, er werde sich melden.

Er gab ihre Hand frei, verbeugte sich nochmals und ging.

Maria strich den Rock über die Knie und verfluchte ihre Erregung, es war doch nur ein Handkuss.

Sie verschloss die Bürotür um 22.08 Uhr, auf ihrem Handy drei Nachrichten von Hannes: Wann sie käme? Ob sie überhaupt noch käme? Er werde das Kindermädchen bitten, über Nacht zu bleiben.

Sie stand im Aufzug, ihr Gesicht im Spiegel blass, das morgendliche Make-up war verschwunden, zweimal heute hatte sie den heißen Kopf unter den Wasserhahn gehalten, waren das schon die Wechseljahre?

Von einem Nachlassen ihrer Libido keine Spur. Als sie noch gevögelt hatte, zuerst mit anderen – für eine Frau ihrer Generation waren es viele gewesen, achtzehn oder zwanzig, dann nur noch mit Hannes, hatte sie sich im Griff gehabt. Doch seit mit Hannes nichts mehr lief, machte das Verlangen ihr zu schaffen, war jeder Mann ein potenzieller Geschlechtspartner. Vielleicht sollte sie die Pille nehmen, Hannes behauptet, die wirke regulierend. Vielleicht bekämen dann andere Dinge Bedeutung, sie dachte an die Kinder.

Der Aufzug hielt, sie trat ins Foyer, zwang ihre Gedanken in eine andere Richtung, die Ermittlungen waren ein Stück vorangekommen, sie wussten jetzt, dass die abgebildeten Finger zu ein und demselben Mann gehörten. Die Gerichtsmediziner konnten sagen, in welcher Reihenfolge, in welchem Abstand die Bilder aufgenommen worden waren, es gab einen mutmaßlichen Ablauf des Geschehens.

Der Ring am Finger des Täters erwies sich als Hoffnungsträger, ein seltenes Stück, aufwendig gearbeitet, doch den Goldschmied zu ermitteln brauchte Zeit. Im ungünstigsten Fall stammte er nicht aus der Schweiz.

Die Fotos der kleinen Leiber waren an alle Spitäler versandt. Es gab noch keine Rückmeldungen, obwohl bestimmte Merkmale einzigartig sein dürften, Nabelbrüche, Leberflecken, Blutschwämme, Maria war zuversichtlich, den Fall lösen zu können.

Sie überquerte den schwach beleuchteten Parkplatz, ihre Zehen schmerzten, flache Schuhe wären vernünftiger, doch das war ausgeschlossen, acht Zentimeter Absatz war das Mindeste. Sie stieg in ihr kaltes Auto, Hannes hatte ihr zu erklären versucht, wie man es fertigbringt, die Sitzheizung zu programmieren, aber Maria fehlte die Geduld, ihm zuzuhören, lieber fror sie.

Die Scheiben beschlugen, Maria wischte mit der flachen Hand über das kalte Glas, rollte vom Parkplatz auf die einsame Straße.

Fünfundzwanzig Minuten später fuhr sie auf die Einfahrt, sah, dass im Haus alles dunkel war, verschloss den Wagen, blickte hinauf in den Sternenhimmel, Licht, das vor Millionen von Jahren ausgesendet worden ist, verglühte Sonnen.

Wie alles erlischt, das Universum ausgestattet mit einem einzigartigen Selbstzerstörungsmechanismus, ebenso ihr eigener Kosmos. Die Uhr läuft rückwärts von Geburt an.

Hannes war schon im Bett, als sie kam, las in einem Fachbuch über Psychoanalyse, er bildet sich fort aus alter Gewohnheit, aber auch, um seine Einsicht in die menschliche Libido nicht zu verlieren (Marias Hypothese: Der Verlust des eigenen Begehrens ist Voraussetzung, um den menschlichen Sexus durch das Vergrößerungsglas zu betrachten). Er trug einen blau-grün gestreiften Schlafanzug, seine Lieblingsfarben, blickte über die Lesebrille zu Maria auf.

Sie im seidenen Hemd, türkis, keinen Slip, setzte sich auf die Bettkante ihrer Hälfte, mit dem Rücken zu Hannes, die Beine geschlossen. So verharrte sie, eine Minute oder zwei, legte sich hin, Hannes blätterte um, wie ihr Tag gewesen sei?

Endlos, dachte Maria und schwieg, zog die Decke hoch bis ans Kinn, eine Hand über ihrer Vulva, die andere über den Augen, bis Hannes das Buch beiseite legte und das Licht löschte.

Am Morgen darauf hatte sie Kopfschmerzen, schon beim Erwachen ein Pochen hinter dem linken Auge, das unerträglich wurde, als sie sich erhob. Vorsichtig ging sie ins Bad, jeder Schritt ein klopfender Schmerz, sie öffnete die Schublade mit den Medikamenten: Imigran, Ibuprofen, Paracetamol, sogar ein Fläschchen Tramal, das sie an den schlimmsten Tagen nahm, Morphium machte außer schmerzfrei auch noch glücklich für drei, vier Stunden.

Hannes verschrieb ihr, was sie benötigte, um mit ihren Migräneattacken fertigzuwerden, das Morphium aber solle sie möglichst selten nehmen, davon sei sie im Handumdrehen abhängig.

Heute brauchte sie ein wenig Glücklichsein, sie schüttelte das Fläschchen, öffnete den Schraubverschluss, träufelte zwanzig Tropfen auf die Zunge, schluckte, entschied, es sich gutgehen zu lassen, noch einmal zehn. Sie legte sich auf den Badezimmerteppich, schloss die Augen und wartete. Nach zwanzig Minuten wurde der Schmerz dumpfer, die Gedanken leichter, Maria erhob sich, sah in den Spiegel, ordnete ihr Haar.

Als Hannes das Bad betrat, putzte sie die Zähne, er stellte sich neben Maria, den Rasierer in der Hand, beinahe hatte das Geräusch etwas Tröstliches. Maria zog sich an, Rufe aus dem Kinderzimmer: »Mama?«, sie antwortete: »Schlaft weiter, meine Engel, heute habt ihr frei, das Kindermädchen wird euch wecken und anziehen!« Wenn Mama im Büro ist.

Hannes am Küchentisch, das Marmeladenbrot in gleichgroße Vierecke geschnitten, Maria saß ihm gegenüber, mit einem Mal kühn: Sie habe gestern Abend mit ihm schlafen wollen, er blickte überrascht auf, dann wieder auf sein Brot, das habe er gar nicht bemerkt.

Maria nickte, erhob sich, nahm eine Tasse aus dem Regal, schenkte sich Kaffee ein, schwarz ohne Milch und Zucker, blieb vor Hannes stehen, wenn er es bemerkt hätte, wäre es auch nicht anders gekommen.

Hannes: Was sie damit sagen wolle, er fügte ihren Namen hinzu, das tat er nicht oft, und wenn doch, hängte er dem »Maria« ein »Magdalena« an: »Maria Magdalena«.

Dass sie es vermisse, Maria biss sich auf die Unterlippe, sie ist fünfundvierzig und immer noch schön. Ihre Stimme wurde lauter, sie mache Sport, sie rasiere sich, schminke sich, zum Teufel, für wen eigentlich?

Hannes drehte den Kopf zum Fenster, und als er sprach, klang es wie von ferne. Er habe es mehrfach erklärt, es sei wegen der Kinder, er deutete vage in Richtung ihres Unterleibes, sie habe sie gewollt, sich genommen, gegen seinen Willen ausgetragen. Er musterte sie, ihr Leib habe sie hervorgebracht, seine letzten Worte ein Verdikt, ihr Leib habe seine Unschuld verloren.

Maria schossen Tränen in die Augen, sie wusste nicht, was

antworten, dann sagte sie: Sie komme spät heute Abend. Hannes hatte die Ellenbogen vor sich aufgestützt und die Fingerspitzen aneinandergelegt, er frage sich nur, warum sie Kinder haben musste, wenn sie doch nie zuhause sei. Maria war schon an der Küchentür, lief die Treppen hinab, stolperte auf der vorletzten Stufe und fiel. Oben am Geländer erschien Hannes und rief: »Die Kunst ist, einmal mehr aufzustehen, als man umgeworfen wird«, als sie schon fast am Ausgang war: »Winston Churchill!«

Es regnete, der wenige, schmutzige Schnee, der noch am Straßenrand lag, bekam kleine Dellen. Wie Orangenhaut, dachte Maria, ich lasse den Oldtimer in der Garage, Hannes hätte ihr die Hölle heißgemacht, bei dem Wetter zu fahren. Sie setzte sich in den Mercedes, schloss die Augen, bemüht, Hannes aus ihren Gedanken zu vertreiben. Als die Kälte an ihr hinaufkroch, fiel ihr ein, dass heute die Dermatologin auf dem Terminkalender stand, fast hätte sie das vergessen über dem Eklat in der Küche.

Sie hatte versäumt, ihr Make-up einzustecken, es war zu spät zum Umkehren, nun würden die Kollegen die Einstiche sehen und sich ihren Teil denken.

Sie startete und bog seeaufwärts ab in den nächsten Ort. Der war seit jeher wohlhabend, die Kirche prächtig, direkt am See gelegen. Früher haben die Bauern mit Wein ihr Geld gemacht, heute werden die Rebberge verkauft, die Weinstöcke weichen gläsernen Villen, hier und da bewahrt die Gemeinde einen Flecken aus Gründen der Folklore.

Hinter der Gaststätte mit Namen »Hirschen« bog Maria ab, fuhr die Hauptstraße entlang den Hang hinauf, fand einen Parkplatz direkt vor der Praxis, warf einen halben Franken in die Parkuhr, lange würde man sie hoffentlich nicht warten lassen. Das Ärztehaus gleich einem Gerippe aus Stahl, Beton und Glas, ein Fremdkörper zwischen den Bauernhäusern, der Aufzug schwebte in die dritte Etage, die Tür zur Praxis öffnete sich ohne Marias Zutun. Die Arzthelferinnen standen bereit und lächelten.

Ein kleines Wartezimmer, an den Wänden warben Mädchengesichter für Unterspritzungen. Maria setzte sich, nahm eine Zeitschrift und blätterte, ringsum Schweigen, kein einziger Mann. Dass Schönheit wohl Frauensache ist, dachte sie.

Ihr Name wurde aufgerufen, sie richtete sich auf, folgte der Arzthelferin in den Behandlungsraum, legte sich auf eine frisch bezogene Liege, Lounge-Musik, wieder wartete sie. Ihr fiel die Parkuhr ein, die Zeit war um, sie starrte an die Decke, dachte an Hannes und seine Worte, *ihr Leib habe seine Unschuld verloren*, war denn der Körper einer Frau nur begehrenswert, solange er nicht gebar? Die Ärztin kam herein, groß, kräftig gebaut, das Haar lang und dunkel, sie trug es offen. Etwas über fünfzig, das hatte sie verraten, alterslos nicht nur das Gesicht, auch die Handrücken von wundersamer Glätte, nur die Schwere ihrer Hüften wollte sich nicht erschließen.

Sie begrüßte Maria, erzählte von ihrem Urlaub, die Seychellen, ein Paradies, aber arm, ein Elend unter der Bevölkerung, das einem das Vergnügen verderben könne. Sie musterte Maria, während sie sprach, setzte im Geiste die Nadel, auf die Stirn, zwischen die Brauen, in das Unterlid, drehte sich um, hantierte, hatte die Spritze in der Hand.

Ein Stich, ein Brennen, Botulinumtoxin, eines der stärksten bekannten Gifte, dringt unter Marias Haut und an die motorischen Endplatten ihrer Nerven. Maria durch einen schmalen Spalt zwischen ihren Lippen: »Wir verzeichnen hierzulande jährlich ein bis zwei Tote durch Botulinum infolge von Atemlähmung«, die Ärztin: »Vollkommen ausgeschlossen.« Maria: Sie kenne doch wohl die Polizeistatistik, allerdings seien die Todesfälle im Rahmen einer Lebensmittelvergiftung aufgetreten, in der ästhetischen Medizin habe es bislang keine Zwischenfälle gegeben.

Die Ärztin besänftigt, der nächste Stich, Maria schloss die Augen, bis es vorüber war.

Es blute noch ein wenig, aber das gehe gleich vorüber, die Ärztin half Maria auf, bis zum nächsten Mal in vier Monaten. Vor der Tür wartete die nächste Mittvierzigerin, als sich Maria an ihr vorbeizwängte, senkte die andere den Kopf.

Die Arzthelferin an der Rezeption hielt die Rechnung in die Höhe: Das mache eintausendzweihundertfünfzig Franken, mit Kinderstimme: Die Preise seien angepasst worden. Maria bezahlte bar, anderes wurde nicht akzeptiert, es wäre interessant, die Kollegen von der Steuerfahndung vorbeizuschicken, andererseits: Frauen hatten es schwer genug im Leben, sie würde ihre Geschlechtsgenossin verschonen.

Sie vereinbarte einen Kontrolltermin, die Assistentin piepste: »Falls zum Beispiel ein Augenlid zu hängen beginnt«, Maria in Gedanken: Was weißt du über mein Alter, Kind?

Am Ausgang hing ein Spiegel, die Einstiche leuchteten, unterhalb des linken Mundwinkels hatte sich ein Hämatom gebildet.

Auf der Straße sah sie schon von weitem den Bußgeldbescheid, rosarot unter dem Scheibenwischer, sie ließ ihn, wo er war, öffnete die Tür, fiel in den Sitz, startete. Der Strafzettel zerriss, hinterließ eine schmierige Spur auf der Scheibe, der Schnee fiel in dicken Flocken.

Sie gab Gas, ohne sich umzublicken, rammte beinahe einen Motorradfahrer, er hob wütend die Faust.

Das Handy läutete, sie kramte mit rechts in ihrer Manteltasche, tastete mit den Fingern der anderen Hand nach dem Scheinwerferhebel, der Himmel war schwarz geworden. Sie drückte auf *Annehmen*, »Leuthold«, der Rechtsmediziner, niemand sonst wagte so zu brüllen. Wann er mit ihr rechnen könne, er warte seit fünfzehn Minuten!

Sie sei gleich da, Maria überfuhr eine rote Ampel, es habe

ein Unwetter am See gegeben, sie bitte vielmals um Entschuldigung. Sie trennte die Verbindung, ohne eine Antwort abzuwarten. Die Flocken fielen dichter, der Scheibenwischer stockte, die Überreste des Strafzettels flogen davon.

Kurz hinter dem Ortsschild der Stadt war ein LKW auf der rechten Spur liegen geblieben, der Verkehr kam zum Erliegen. Maria erreichte das Rechtsmedizinische Institut um eine Stunde verspätet.

An der Pforte saß ein Riese mit Strickjacke. Solange Maria denken kann, trägt er dieselbe. Das Entrée ist karg, hier verbieten sich Teppichböden und Vorhänge und Weihnachtszweige.

Die Stimme des Riesen hallte wider von den Wänden: Herr Dr. Leuthold erwarte sie im Sektionssaal, Maria daraufhin: Warum nicht im Büro?

Der Riese zuckte die Schultern.

Sie bog nach rechts ab, zog den Mantel enger, je näher sie dem Sektionssaal kam, desto kälter wurde es. Vor einer Schiebetür versuchte sie, durch das Milchglas zu spähen, der Assistent entdeckte sie und öffnete. Ein gutmütiger Pygniker mit rotgefleckter Schürze, er wies mit dem Daumen hinter sich, da drinnen herrsche dicke Luft, Maria nickte und trat ein.

Der Saal ist schmal und fensterlos, von der Decke hängen nackte Neonröhren, die Wände sind weiß gekachelt, die Sektionstische aus hellbeigem Resopal mit edelstählernem Unterbau. Darauf zwei wächserne Tote, am vorderen beschäftigt: der Pygniker, Leuthold am hinteren Tisch drehte Maria den Rücken zu. Er hatte sie nicht bemerkt oder tat so, murmelte in sein Diktiergerät, den Rücken gekrümmt vom kurzsichtigen Blick auf den geöffneten Leichnam. Marias Blick fiel auf das, was sein breites Kreuz halb verbarg, kleine Fußsohlen, das Kind lag auf dem Bauch.

Schön, dass sie doch noch erschienen sei, die Frau Kommissarin, Leuthold stellte das Gerät ab, seine Stimme scheppernd, hier rüber, er wolle ihr etwas zeigen.

Maria kam mit kurzen Schritten näher, es gab wenige Männer, die ihr Furcht einflößten, dieser gehörte dazu, sein Spott verwandelte sie in eine Untertanin, so wie Hannes' Zynismus sie bezwang, sie trat an die gegenüberliegende Seite des Tisches unter grelles Neonlicht. Leuthold hob den Kopf, fixierte ihre Stirn, soso, die Frau Kommissarin habe heute schon gebotoxt, dann lakonisch: Sie solle ihm doch nächstes Mal Bescheid sagen, er besorge es ihr auch gern und bestimmt preiswerter, er verzog die Mundwinkel.

Maria errötete: »Danke, nicht nötig«, sie verfluchte sich, nickte auf den kleinen weißen Rücken zu, Junge oder Mädchen?

Leuthold winkte dem Pygniker, er solle das Kind umdrehen, zu Maria: Junge.

Sohn einer Mutter, dachte Maria, die jetzt irgendwo hockt, schockstarr in ihrem Schmerz. Der Assistent kam gerannt, streifte seine Handschuhe ab, warf sie in einen bereitstehenden Eimer, schob die bloßen Hände unter den zarten Körper, hob ihn mühelos an. Maria musste sich zwingen, in das kleine Gesicht zu blicken, ihre Stimme angespannt: Wie er gestorben sei?

Leuthold hob die Hände, das wisse er noch nicht, vielleicht Fremdverschulden, deswegen sei er ja hier, vielleicht habe er morgens auch einfach tot in seinem Bett gelegen, das gebe es mal bei Kindern, wenn auch selten, zum Beispiel ein Aneurysma, irgendwo im Kopf, Gefäß rupturiert, Hirnblutung, Atemstillstand. Eigentlich ein schöner Tod. Wenn er sich im Alter ereignet. Maria zuckte zusammen, *Heinrich, mein kleiner Heinrich.*

»Ich mache ihn später auf«, Leuthold griff in seine Brusttasche, aber jetzt solle sie mal sehen. Er zog einen Markierstift hervor und schnippte den Deckel ab, der Pygniker kam hinzu, bückte sich, reichte den Deckel mit einer kleinen Verbeugung zurück, Leuthold steckte ihn ungerührt in die Kitteltasche, setzte die Spitze des Stiftes auf die Brust des Jungen, zog einen Strich, einen zweiten, mit sicherer Hand abwärts, ein großes Ypsilon. So schneidet er, sie kenne das ja, und nun kommt es, er winkte sie heran, hier endet sein Schnitt, er deutete auf den Unterbauch, von hier aus macht er ihn später wieder zu, mit schönen Stichen, bei diesem Kleinen jedenfalls, bei manchen käme es auch nicht so drauf an. Er richtete sich auf, und jetzt geht's ins Büro.

Maria schwieg, verstand nicht, betrachtete Leuthold, wie er den Kittel ablegte, sich wusch, mit den Fingern der rechten Hand durch das schüttere, schwarzgrau melierte Haar fuhr, es reichte ihm bis in den Nacken. Er ging voran, drehte sich noch einmal um, der Pygniker solle die Obduktion vorbereiten, Schädelhöhle als Erstes, Maria war erleichtert, nicht dabei sein zu müssen.

Leutholds Büro lag am Ende des Flurs, überheizt und übersät mit Büchern, Fachzeitschriften, Akten; der Mann war kein Ästhet, aber er bildete sich fort. Maria suchte nach einer Sitzgelegenheit, Leuthold folgte ihrem Blick, fegte ein paar Blätter von einem Hocker, bitte schön, wenn ihr hochwohlgeborenes Hinterteil damit vorliebnehmen möge.

Sie setzte sich, die Wanduhr zeigte zwölf, Maria fiel ein, dass sie noch keinen Bissen gegessen hatte, in ihrem Verdau ungstrakt gärte das Gebräu von Morphium und Kaffee, kein Wunder, dass ihr schwindelig war. Sie hielt sich mit beiden Händen an der kleinen Sitzfläche des Hockers fest. Leuthold trat neben sie, eine Akte in der Hand, er beugte sich herab, ein schwacher Geruch nach Desinfektionsmittel. Er habe die Fotos studiert, die sie ihm geschickt habe, und zwar mit der Lupe, da sei er altmodisch. Er warf die Akte in Marias Schoß, sie solle mal halten, Maria ließ den Hocker los und griff nach dem Ordner, fast fiel sie um. Leuthold am Schreibtisch kramte herum, kam mit einem abgegriffenen Vergrößerungsglas zurück, er habe Markierungen gemacht, wo ihm etwas bemerkenswert schien.

Dieser Junge zum Beispiel, Leuthold beugte sich tiefer und blätterte, mit schlecht operierter Phimose, er sah Maria fragend an, *das* müsse sie doch wissen, habe sie nicht auch einen Sohn, eine Phimose sei eine Vorhautverengung, die hier wahrscheinlich im Ausland gemacht, er schlug um, ein Mädchen, beschnitten, vielleicht Nordafrika, man sollte den hiesigen Kinderarzt ermitteln lassen, so einen Anblick hat der nicht alle Tage. Maria starrte auf das Foto, nickte langsam, aber jetzt solle sie mal aufpassen, Leuthold hatte sich in Fahrt geredet, das Bild eines kleinen Gliedes, die behandschuhte Pranke des Ungeheuers, Leuthold hielt die Lupe an den oberen Bildrand. Maria beugte sich darüber, eine winzige Linie, einen Millimeter lang, bräunlich, vielleicht eine Einziehung.

Maria: Sie verstehe nicht.

Leuthold wurde ungeduldig, sie sei doch eben dabei gewesen, es ist die Naht einer Obduktion, zum Teufel, das Kind sei tot.

Maria schloss die Augen, ihr Schwindel nahm zu: Sind sie alle tot?

Leuthold: Mit letzter Gewissheit sei das nicht zu sagen, aber sein Riecher sage *ja.*

Maria hob den Kopf, betrachtete Leutholds wurstigen Zeigefinger, der auf seine Nase tippte, ein beachtliches Organ, knollig, großporig, rot geädert, sein Besitzer dem Rotwein zugetan, manchmal hatten sie zusammen getrunken, immer zwei Flaschen geschafft oder drei.

Er erhob und verbeugte sich, es sei die Couleur der Haut, ein herablassendes Schnauben, er wandte sich ab, verließ das Büro.

Maria sprang auf, mit einem Mal hellwach, sie klemmte den Aktenordner unter den Arm. Als Nächstes würde sie ihre Männer auf die Fährte setzen: Wo werden verstorbene Kinder aufgebahrt, in Krankenhäusern, in der Rechtsmedizin, in Kapellen, und wer hat Zugang zu ihnen?

Detlef kauerte über seinen Notizen, konzentrisch um seinen Platz vier oder fünf leere Kaffeebecher. Am liebsten trägt er braune, schlechtsitzende Cordhosen, ausgebeult an Hintern und Knien, so auch an diesem Tag. Das war hinzugekommen, damals, als Maria sich von ihm trennte: Er weiß sich nicht zu kleiden.

Sie setzte sich in ihren Drehstuhl, fokussierte ein Quadrat auf Detlefs Flanellhemd und berichtete aus der Rechtsmedizin.

Detlef grätschte die Beine, hielt die Hände überkreuzt auf den Knien.

Maria: Er habe eine weibliche Körpersprache.

Detlef: Danke bestens, und sie eine männliche. Er griff nach dem Hörer, tippte mit dem Zeigefinger eine Kurzwahl: Sali, Roman! Ob er mal eben seinen Arsch rüberbewegen könne? Detlef legte auf.

Maria: Wenn sie so mit den Männern spräche, hätte sie eine Dienstaufsichtsbeschwerde wegen sexueller Belästigung am Hals.

Eine Minute später klopfte es, Roman betrat das Zimmer, die Hand in seinem Schritt, Detlef winkte ihn heran. Die Männer vertieften sich in ihr Gespräch. Roman nickte, als er den Raum verließ, mied er Marias Blick.

»Gott«, Maria strich sich über die Stirn, die Einstiche schmerzten, wenn Roman sich nur nicht immer an den Schwanz fassen würde.

Detlef lachte, tat einen Schritt auf sie zu, das sei Romans Marotte, und sie habe ihre. Maria wich zurück, welches *die* denn bitte sei. Detlef mit gesenkter Stimme: Sie knabbere auf ihrer Unterlippe, dann fügte er leise »Süße« hinzu. Seine Fingerkuppe an ihrem Mund, sie schlug die Hand beiseite, heftiger, als sie beabsichtigt hatte. Ob er schon einmal etwas von Interindividualdistanz gehört habe, ständig würde er diese unterschreiten. Detlef betrachtete verstört seinen Handrücken, auf dem Marias spitzer Fingernagel einen Kratzer hinterlassen hatte. Maria schob ihn beiseite und setzte sich an ihren Schreibtisch, starrte auf den dunklen Bildschirm, bis sich Detlef auf den Weg in die Kantine machte – zum ersten Mal fragte er nicht, ob er etwas mitbringen könne.

Das Telefon riss sie aus ihren Gedanken. Es war Lorenzo, der fragte, ob sie schon gegessen habe, als Maria zögerte: Das habe sie wohl vergessen, dann: Er hole sie ab, in fünf Minuten, Widerspruch werde nicht geduldet.

Maria erhob sich, eilte aus dem Zimmer, den Gang entlang auf das leere WC, musterte sich im Spiegel, zupfte ein paar Strähnen in die Stirn, verzog die Mundwinkel, strich das Haar wieder zurück, Ansicht im Halbprofil, sie hasste den Höcker auf ihrer Nase, verdammt, was tat sie da eigentlich, lief zurück in ihr Büro, setzte sich in den Sessel, gab vor zu lesen und wartete.

Die Tür flog auf, Lorenzo bückte sich, trat durch den Rahmen, Maria: Ob man nicht anklopfe in der Staatsanwaltschaft, er: Frau Kollegin, erstens sei es schön, sie zu sehen, und zweitens, doch, das tue man, sie möge verzeihen, aber er habe es nicht abwarten können.

Maria ignorierte die Bemerkung, erhob sich langsam, nahm ihr Handy, ob sie jetzt gehen wollten? Und: »Ich möchte eine große Pizza.«

Lorenzo griff nach ihrem Ellenbogen, ihr Wunsch sei ihm Befehl, Maria zog den Arm zurück, ging voran, bis sie am Aufzug waren, starrte gegen die Tür, als die sich öffnete, ließ Lorenzo ihr den Vortritt, lehnte sich an die gegenüberliegende Wand. Er drückte auf »E« und musterte sie, ob sie sich verletzt habe, er deutete in Richtung ihrer Stirn. Diesmal war Maria vorbereitet, das seien Mückenstiche. Lorenzo hob die Brauen, dann machten sie keinen Winterschlaf in diesem Jahr, die Mücken? Maria: »Es ist sehr mild für Dezember.«

Sie traten auf die Straße, es schneite noch immer. »Sehr mild, ja«, sagte Lorenzo, griff wieder ihren Arm.

Die Gaststätte hieß *Vesuvio*, nackte Wände, Glas, die Schweizer Gastronomen hielten seit achtzig Jahren am Bauhaus fest.

Lorenzo: Schön hier, er deutete auf einen Tisch am Fenster. Maria: Er sei eine Frohnatur.

Das Licht fiel durch die blanken Scheiben, Maria wählte den Platz am Fenster, kehrte der Sonne den Rücken, einen weiteren Kommentar wegen ihrer Pusteln würde sie nicht ertragen. Lorenzo setzte sich ihr gegenüber.

Er nahm die Karte und begann zu lesen, Maria dachte: Braucht er keine Brille oder tut er nur so, schon winkte Lorenzo dem Kellner, eine Flasche Monasterio, eine Pizza gigante für die Dame, Margherita für ihn, er lehnte sich zurück, lächelte, ob alles recht sei?

Maria schüttelte den Kopf. Lorenzos Lächeln erstarb, heute wolle ihm nichts glücken, er gebe sich geschlagen. Sie schwiegen. In Marias Tasche vibrierte das Handy, sie sagte: »Pardon«, beugte sich hinab, sah mit einem Blick auf das Display, dass es Hannes war, drückte auf *Ablehnen*.

Wein und Pizza kamen, Lorenzo: Endlich, er sei schon ganz verlegen geworden, er wünsche einen guten Appetit.

Maria: Die Pizza schüchtere sie ein.

Lorenzo: Er hätte nicht gedacht, dass *irgendetwas* sie einschüchtere, und ob er ein wenig plaudern dürfe?

Maria nickte, Hauptsache, er erwarte das nicht von ihr.

Lorenzo: Sie gebe die Xanthippe, und er sei der Erste, der sie durchschaue, in Wirklichkeit sei sie lammfromm.

Maria: kein Kommentar, Themenwechsel.

Lorenzo: Die Arbeit mache ihm zu schaffen, sie lasse ihm zu wenig Zeit für anderes.

Maria: Welches andere?

Lorenzo: Er sammle Kunst, zeitgenössische vor allem, es gebe da regelrechte shooting stars, man müsse den richtigen Moment abpassen zu kaufen.

Maria: Dann sei er wohl ein toller Hecht!

Lorenzo bescheiden: ein kleiner Fisch.

Der Kellner räumte ab, womöglich hat es der Signora nicht geschmeckt, sie habe ihre Pizza ja kaum angerührt. Maria: Doch, sie sei großartig gewesen, ob er ihr den Rest einpacken könne, und jetzt brauche sie einen Espresso.

Der Kellner mit einem silbernen Tablett: Ecco, gli espressi!

Lorenzo nahm zwei Würfelzucker, tauchte sie behutsam in Marias Kaffee, sie würde doch erlauben, sie brauche Kohlehydrate, basta. Und jetzt solle sie ihm von ihrer Ermittlung erzählen: »Wie kommen Sie voran?«

Die Angelegenheit sei Verschlusssache, Maria kippte ihren Espresso hinab, der schmecke ja widerlich süß, wenn er unbedingt etwas von ihr hören wolle, würde sie sich gern ein wenig über ihre Truppe beklagen. Lorenzo nickte und beugte sich vor. Er schob die rechte Hand über den Tisch. Maria erzählte, und während er lauschte, berührten seine Fingerkuppen ihre.

Maria dachte: Schön und gut. Er gefällt mir, aber ich vertraue ihm nicht, ich vertraue keinem, nicht einmal meinem Ehemann, je näher mir die Männer kommen, desto mehr Angst machen sie mir.

Lorenzo winkte dem Kellner, pagare, per favore, leider, er müsse sich an die Arbeit machen.

Beim Abschied auf der Straße: Sie soll ihm versprechen, nicht zu fallen, er reichte ihr die Hand, er wolle nicht, dass ein anderer sie aufsammele als er.

Maria drehte um, der Schnee lag inzwischen so hoch, dass ihre Stiefel darin versanken, das Wildleder würde ruiniert sein, aber das bemerkte sie nicht.

Detlef machte ein geheimnisvolles Gesicht, als Maria kam. Sie setzte sich auf eine Schreibtischecke: »Dann hast du mir verziehen?«

Detlef entgegnete: So wie ein Diener seiner Herrin verzeiht, aber umgekehrt sei das leider selten der Fall, und jetzt komme es, sie haben eines der Opfer identifiziert, es sei ganz schnell gegangen, die Kleine mit der unfachgemäßen Beschneidung.

Maria warf den Poncho über einen Stuhl: »Jede Beschneidung eines Mädchens ist unfachgemäß«, sie verkniff sich, »Idiot« zu sagen.

Detlef wühlte auf seinem Schreibtisch, es war Maria ein Rätsel, wie er den Durchblick behielt. Er hielt einen violetten Zettel in der Hand: Roman habe zuerst die Kinderärzte mit arabisch klingendem Nachnamen angerufen. In besserwisserischem Ton: Davon gibt es in Zürich nicht allzu viele, leider. Maria lakonisch: Seit wann er sozialkritisch werde, das stehe ihm nicht. Detlef ließ den Zeigefinger sinken, Roman also habe schon beim Zweiten Glück gehabt, ein Doktor Al-Radhi, Perser, erinnerte sich an den Fall, und als Roman ihm das Bild mailte, habe der das Opfer einwandfrei identifiziert.

Maria griff nach Poncho und Tasche, im Hinauslaufen: Sie fahre selber hin, wo Al-Radhi seine Praxis habe. Detlef lief ihr nach, rief eine Adresse, und außerdem habe Marias Mann angerufen, seine letzten Worte wurden vom Aufzug verschluckt.

Im Auto blickte Maria auf ihre Uhr, zwanzig nach vier, hoffentlich hielten Kinderärzte es für nötig, jetzt noch zu arbeiten, sie gab Gas, warf einen Blick in den Rückspiegel, die Pusteln auf ihrer Stirn leuchteten violett, wie Pestbeulen.

Die Straßen wurden schmaler, Lieferwagen parkten in zweiter Reihe und entluden gebrauchte Möbel. Wenn es eine düstere Gegend in der Stadt gibt, dann diese, und das seit tausend Jahren, dachte Maria, 1350 wütete hier der Schwarze Tod (wieder ihre Leidenschaft für mittelalterliche Geschichte), nicht nur auf meiner Stirn, ein freudloses Lachen, Karl IV. lud schwere Schuld auf sich, den Juden die Pest in die Schuhe zu schieben, alle laden wir Schuld auf uns im Kleinen und im Großen, ich habe mich an Hannes vergangen, weil ich ihn wider Willen zum Vater gemacht habe, mit diesem Gedanken bog sie ab.

Die Praxis lag in einem Hinterhof, auf dem Pflaster parkten zerbeulte Familienkutschen mit abgewetzten Kindersitzen, noch schien Sprechzeit zu sein.

Maria warf die Autotür zu, ging rasch zum Eingang, stieß mit einer verhüllten Mutter zusammen, ihr Schleier etwas verrutscht, dahinter ein ernstes Gesicht, das Kleinkind auf dem Arm begann zu weinen. Einen Moment lang standen sie sich gegenüber, zwei Frauen, die in derselben Stadt lebten und doch weit voneinander entfernt. Wir müssen gleich alt sein, dachte Maria, ob ich auch so traurig aussehe? Sie entschuldigte sich und ging weiter, betrat die Praxis, wurde empfangen von arabischem Pop, ungewohnten Gerüchen, Schweiß, Desinfektionsmittel, über allem ein Hauch von Moschus. An der Rezeption saß aufrecht eine junge Schöne, ihr Kopftuch schwarz, dicht anliegend, Maria zog den Ausweis hervor, nannte Dienstgrad, Namen, sie müsse den Herrn Doktor sprechen und zwar sofort, die Muslima nickte, betätigte eine Gegensprechanlage, die Frau Kommissarin solle Platz nehmen.

Maria deutete ein Kopfschütteln an, blickte sich um, die Wände waren mit Plakaten gepflastert: Aufrufe zum Impfen, das Vorgehen bei Zeckenbiss, ein Notruf bei Gewalt in der Familie. Sie notierte die Nummer, glaubte einen Mann zu hören, drehte sich um und sah einen Kahlkopf, klein, Brillenträger, im weißen Kittel, die Hand ausgestreckt, seine Haut weich, sein Händedruck fest: »Ich bin Dr. Al-Radhi«, er deutete eine Verbeugung an, sie solle ihm folgen, bitte.

Er ging voran, überraschend groß sein Arbeitszimmer, er schloss die Tür. Plötzlich herrschte vollkommene Stille. Ringsum weiße Wände, ein einzelnes, gerahmtes Poster von Isfahan, die Bücher in den Regalen sind nach Farben sortiert, Maria kennt die Verlage aus Hannes' Bibliothek, *Thieme*, *Springer*, *Urban*. In der Mitte des Raumes steht eine Sitzgruppe aus grauem Velourleder. Der gläserne Schreibtisch ist leer bis auf einen Stoß Papier, der Stapel ist rechtwinklig zu den Tischkanten ausgerichtet, am Rand steht ein großer silberner Bilderrahmen mit Frau und Kind.

Al-Radhi lächelte höflich, er ahne schon, sie staune über seine Ordnung, aber als Ausländer müsse er ordentlicher sein als ein Schweizer und pünktlicher als eine Kuckucksuhr, bitte, er deutete auf einen der grauen Sessel. Maria setzte sich, beschämt, dass er ihre Gedanken gelesen hatte, als ob es im Büro eines persischen Pädiaters aussehen müsse wie auf einem Basar. Sie versank, das Möbel war weicher als vermutet.

Sie versuchte vergeblich, den Rücken durchzudrucken, unterdessen sagte Al-Rahdi: Er könne sich denken, warum sie da sei, es gehe um eine Ermittlung in Sachen illegale Beschneidung.

Er hatte auf seinem Schreibtischstuhl Platz genommen, sein Blick streifte Marias Stirn, er beabsichtige, sie nach Kräften zu unterstützen.

Maria von unten aus ihrem Sessel: Sie dürfe ihn über den

Stand der Ermittlung nicht in Kenntnis setzen, wolle aber alles über das Opfer erfahren, das er zu erkennen glaube.

Sie stemmte sich hoch und trat vor den Schreibtisch. Einen Meter dreiundachtzig mit Absätzen, Al-Radhi musste den Kopf in den Nacken legen: »Zu erkennen *glauben*?« Wenn sie sich mit den Praktiken der Genitalverstümmelung auskennte, gäbe es keinen Zweifel, jeder Fall sei einzigartig, besonders, er griff nach einer Mappe, die schlecht operierten, sie solle selbst sehen.

Maria trat neben Al-Radhi: Sie hätten es hier mit Typ I zu tun, der vollständigen Entfernung des äußerlich sichtbaren Teils der Klitoris und der Klitorisvorhaut, auch Klitoridektomie genannt, praktiziert überwiegend in Afrika, Nigeria, Senegal, aber auch im Westen seines Geburtslandes, des Irans, leider. Er zuckte mit den Schultern.

Maria betrachtete seinen Hinterkopf, sah, dass er nicht kahl, sondern rasiert war.

Al-Radhi wies mit dem Zeigefinger auf eine Schemazeichnung, statt der Klitoris bleibe eine kleine, strichförmige Narbe. Die Vulva solle schmal und glatt erscheinen, was hervorstehe, gelte als unästhetisch. Er zog ein anderes Blatt hervor, das gehe oft so weit, dass alles weggeschnitten werde, Typ II, noch ein Blatt, oder sogar zusammengenäht, Typ III.

Maria schauderte, dachte an die zarte Scham ihres Töchterchens, ihr zaghaftes Erkunden.

Al-Radhi sah auf seine Uhr, eine goldene Millenary 4101, Hannes hatte die gleiche, Frau Kommissarin möge verzeihen, er müsse sich kürzer fassen, seine Patienten. Er hielt den Ausdruck des Bildes in die Höhe, das Roman ihm gemailt hatte. Jetzt erkannte Maria, dass dem Opfer die Klitoris fehlte, wie hatte ihr das entgehen können.

»Ich habe …«, begann sie, Al-Radhi fiel ihr ins Wort, sie habe die Narbe für die Klitoris gehalten, er wisse schon. Die Wunde sei derart entzündet gewesen, dass sich eine Wulst gebildet habe, da müsse eine Heilerin am Werk gewesen sein, mit Rasierklinge oder Glasscherbe, wenn die Kleine Glück gehabt habe, sei sie bewusstlos geworden.

Er legte das Blatt auf die anderen, schob sie zusammen, er betrachte sich als Betroffenen, man solle ihm Bescheid geben, wenn Näheres bekannt geworden sei, bitte. Er erhob sich, die Akte der Familie läge in einer Mappe an der Rezeption bereit, seine Assistentin sei befugt, diese auszuhändigen. Aber die Patientin sei seit einem Jahr nicht mehr da gewesen, er könne für nichts garantieren.

Maria nickte, hielt die ausgestreckte Hand einen Moment länger als nötig, wie konnte Männerhaut so zart sein: »Vielen Dank für Ihre Zeit!« Als sie den Raum verließ, glaubte sie nicht mehr an Al-Radhis Schuld.

Der Moschusduft im Flur war jetzt überwältigend, vielleicht war es der Versuch, den Gestank von Urin zu überdecken. Die Muslima an der Rezeption hatte sich erhoben, reichte Maria die Mappe, sie trug eine kurze Bluse, die nach oben rutschte, als sie sich vorbeugte, an ihrem Bauchnabel ein blauer Stein.

Im Auto schlug Maria das Dossier auf, Al-Rahdi hatte das Mädchen fotografiert, ein rundes, ernstes Kindergesicht mit kleinem Feuermal auf der rechten Wange, das schwarze Haar unordentlich zusammengebunden, darunter waren Größe, Gewicht verzeichnet, auf der nächsten Seite Kinderkrankheiten, zweimal hatte das Kind Läuse gehabt, die Familie wohnte im Rotlichtviertel.

Die Daten schienen vollständig, der Herr Doktor ging großzügig um mit der Schweigepflicht, das war nicht immer so bei Ärzten. Dankbarkeit kam über Maria und Entschlossenheit, sie ließ den Wagen an.

Sie entschied, gleich vorbeizufahren. Die Zeit drängte, sie wusste nicht, ob die Opfer eines natürlichen Todes gestorben waren, diese Frage konnte auch Leuthold nicht beantworten.

Sie bog nach rechts, Richtung Hauptbahnhof, der Verkehr floss zäh am Spätnachmittag, sie aktivierte das Navigationssystem, wollte nicht lange nach der Hausnummer suchen, passierte einige Clubs, einen Sex-Shop. *Sie haben das Ziel erreicht.*

Das Haus machte einen verkommenen Eindruck, im Parterre ein Imbiss, darüber Wohnungen, vergilbte Vorhänge vor den Fenstern oder keine.

Sie stellte das Auto ins Halteverbot, stieg aus, zog den Mantel enger, betrachtete die bröckelnde Fassade, ging ein paar Schritte auf und ab, neben dem Hauseingang ein gebrauchtes Präservativ und zertretene Pommes frites. Alle Klingelschilder beschriftet, in dieser Stadt war der Wohnraum knapp, man mietete, auch wenn es nach Pisse stank.

Die Familie lebte im obersten Stock. Maria probierte die Haustür, sie war offen, im Flur standen Kinderwagen mit fleckigen Bezügen, Mülltüten, Maria stieg die hölzerne Treppe hinauf, durch die Wohnungstüren drang Geschrei von Säuglingen, Stimmen ausländischer Fernsehsender, der Dunst fremder Küchen.

Sie erreichte den dritten Stock, ohne dass ihr Atem schneller ging, den vierten, dachte: Hannes, siehst du das denn nicht. Ich bin jung und stark und schön.

Unter dem Dach zwei Wohnungen, vor der einen ausgetretene Kinderschuhe. Maria beugte sich über das Klingelschild, durch eine Luke fiel trübes Tageslicht, sie versuchte, die Buchstaben zu entziffern, drückte einen Wandschalter, an der Flurdecke flackerte eine nackte Röhre auf, der Name war der richtige. Sie schellte, kein Laut, sie versuchte es wieder, klopfte, hämmerte, bis die Tür aufflog und ein kleines Mädchen in Unterhosen vor ihr stand.

»Grüezi«, sagte Maria, und so gut es ging im Dialekt: Sie sei Polizischtin, aber eine luschtige, sie beugte sich hinab, lächelte, das Kind war in Elisabeths Alter, die Augen riesengroß, schwarz, Maria mit sanfter Stimme: Ob wohl das Mami zuhause isch?

Das Kind nickte, drehte um, rannte den dunklen Flur entlang in eines der Zimmer, Maria hörte seine schnellen, erregten Worte.

Eine kleine Frau erschien, in fleckigem Kleid, die Füße bloß, das Haar zu einem Dutt auf dem Kopf gehäuft, sie starrte Maria an: »Ja?«

Maria zog ihren Ausweis: Sie würde gern hereinkommen, sie lächelte, wie sie zuvor das Kind angelächelt hatte, die Frau schüttelte den Kopf: »Mann nicht daheime«, sie gab der Tür einen Stoß, Maria schob den Fuß dazwischen. Nur einige Fragen, dafür brauche es den Mann nicht, ihr Lächeln verzogen.

Das linke Auge der Frau begann zu zucken, das Kind hatte sich hinter dem Rücken seiner Mutter versteckt, lugte hervor, abwechselnd rechts und links.

Maria: Wo die andere Tochter sei?

Die Frau schrak zusammen, Maria wiederholte: »Wo ist Dilara?«

Das linke Lid der Frau flatterte: »Isch tot.«

Maria behielt das zuckende Auge im Blick, die nächsten Minuten würden entscheidend sein für ihren Eindruck, Wahrheit oder Lüge: Wann sie gestorben sei?

Vor zwei Monaten, die Frau tastete nach dem Kind, das ihr geblieben war, gab ihm einen Stoß und befahl etwas, es zog widerwillig ab auf einen Posten hinter dem nächsten Türrahmen. Maria senkte die Stimme: *Wie* sie gestorben sei. Die Frau hob die Hand, schlug sich auf den Kopf: »In Spital, Entzündung da oben in Kopf, gekommen zu spat, zu spat«, sie raufte sich das stumpfe Haar; Marias Stimme bat um Verzeihung: Nur eine Frage noch, welches Spital das gewesen sei.

Sie streckte die Hand aus und bedankte sich, winkte dem Mädchen und stieg die Treppe hinab. Die Frau blieb im Türrahmen stehen und sah Maria nach, als sie schon längst fort war.

Auf der Straße stand ein Verkehrspolizist, einen Kopf kleiner als Maria, seine Haltung stramm, er notierte das Kennzeichen ihres Wagens. Maria eilte an seine Seite, zog ihren Ausweis: »Herr Kollege, nicht nötig«, sie habe etwas ermittelt dort oben, ein Nicken in Richtung des Hauseinganges, sie bemühte sich, ein vielsagendes Gesicht zu machen.

Der Polizist sah zu ihr auf: So pressant, dass sie sich keinen ordentlichen Parkplatz suchen könne? Maria sog die Unterlippe ein: Nun ja, gewissermaßen sei das so, er schüttelte den Kopf: Zu spät, sie könne ja dann Rekurs einlegen, er riss den Zettel vom Block und klemmte ihn hinter den Scheibenwischer. Maria auf Zehenspitzen: Dann könne ihr Wagen ja ebenso gut stehen bleiben, einen schönen guten Abend noch, sie ließ ihren Blick auf seiner Glatze ruhen, er solle sich doch bitte nicht verkühlen.

Der Polizist errötete, Maria wickelte sich in ihren Umhang, ging die Straße entlang, inzwischen war es dunkel, in den Schaufenstern hüftenschwingende Weihnachtsmänner. Die Kinder zählten die Tage bis Weihnachten.

Plötzlich stand sie vor dem Sex-Shop. Starrte auf einen Engel in Dessous, sah nach rechts und links, der Polizist hatte die andere Richtung eingeschlagen. Sie gab der Tür einen Stoß und trat ein.

Der gepiercte Verkäufer hinter der Kasse blätterte in einem Magazin. Er sah auf, begrüßte sie mit einem Nicken, Maria wandte das Gesicht ab, es nahm Farbe an, hier ging es um sie als Frau.

Sie blickte sich um, stellte fest, dass sie allein war, linkerhand ein Korb mit Strings in rot und violett, passend dazu Push-ups, vielleicht hätte sie damit Erfolg bei Hannes. Ein nervöses Lachen, der Verkäufer schenkte ihr keine Beachtung, er ist Frauen wie mich gewohnt, dachte Maria, Novizinnen.

Rechterhand ein Regal, zwischen zahllosen pinken Dildos lag ein schwarzer, von der Länge ihres Unterarms. Sie streckte die Hand aus, berührte sein venöses Geflecht, die Eier von Gänsehaut bedeckt. Am unteren Ende ein Saugnapf, wie es wohl wäre, ihn an der Innenseite der Badewanne zu befestigen, der Gedanke erregte sie heftig.

Sie nahm seine Spitze zwischen zwei Finger und ging zur Kasse, Barzahlung, bitte, der junge Mann lächelte: »Natürlich«, ob die Dame ein Gleitmittel benötige?

Maria zögerte, brauchte man das, der Verkäufer griff in einen kleinen Ständer: Auf Wasserbasis oder Silikon, er blickte sie geduldig an. Maria fiel ein, dass Hannes auf Silikon schwört, um Kabel durch Leerrohre zu ziehen, sie sagte: »Silikon, bitte.«

Der Verkäufer stopfte Penis und Tube in eine rote Tüte: Das mache vierundneunzig Franken, Qualitätsware, eine gute Wahl, Madame. Maria schob einen Hundertfrankenschein über den Tresen, steckte das Wechselgeld ein, griff nach der Tüte, darauf in Großbuchstaben die Worte *SEX UP YOUR LIFE.* Sie ging hinaus auf die Straße.

Wenn jemand sie ertappte, könnte sie immer noch behaupten, da drinnen ermittelt zu haben. Sie blickte sich um, an die Hauswand gelehnt stand eine Obdachlose mit rostigem Einkaufswagen. Maria zog ihr Portemonnaie hervor, drückte der Alten fünfzig Franken in die Hand: »Frohe Weihnachten«, die Frau starrte auf den Schein, verschloss ihn in der Faust und begann zu singen.

Maria eilte weiter, an ihrem Mercedes ein zweiter Strafzettel, sie riss ihn ab, zerknüllte ihn und warf ihn auf das

Pflaster, mit kleinen Männern ist nicht zu spaßen, mit ihr ebenso wenig, sie würde sich über den Giftzwerg beschweren, gleich morgen einen Brief an das Verkehrsdezernat schreiben.

Auch Hannes ist ein kleiner Mann.

Sie stieg ein, versuchte zu starten, der Anlasser stockte, die Temperatur war weiter gefallen. Beim fünften Versuch sprang der Motor an.

In der Nähe des Hauptbahnhofs kam ihr der Einfall, dass sie eine Belohnung verdient hätte, außerdem musste sie Detlef anrufen und nach Neuigkeiten fragen. Das konnte man ebenso gut bei einem Glas Weißwein tun, sie stellte sich ins Parkverbot nahe der Gleise am Hintereingang, versicherte sich, dass das Handy in der Tasche steckte, stieg aus, ließ den Wagen unverschlossen, durchquerte die Bahnhofshalle. Auf den Rolltreppen posierten Stricher, bis ein Freier kam, Maria erreichte den Vordereingang, warf einen kurzen Blick in das Fenster von Lindt und Sprüngli, aber Schokolade war tabu, wenn schon leere Kalorien, dann in Form von Alkohol. Sie stieg die Treppen zum Bahnhofsrestaurant hinauf.

Die Bar gegen achtzehn Uhr gut besetzt, Anwälte, Banker, Medienleute, auf zehn Männer eine Frau.

Keiner nahm Notiz von ihr, einer müden Frau in den mittleren Jahren, die Haare strähnig, das Make-up verblasst, die Erschöpfung in das spitze Gesicht geschrieben. Sie versuchte, sich zu erinnern, wie der Tag begonnen hatte und wann.

Am Fenster wurde ein Platz frei, sie blickte hinunter auf die Bahnhofstraße, bestellte einen Weißburgunder, drei Dezi, um ihren Einkauf zu feiern, kippte das erste Glas hinab, *SEX UP YOUR LIFE.* Mit dem schwarzen Schwanz im Anschlag sollte Hannes aus der Reserve zu locken sein.

Sie lächelte, kramte nach dem Handy, Detlef war noch im Büro, er fragte, ob sie betrunken sei, sie antwortete: »Spießer«, dann fasste sie die Ergebnisse ihrer Ermittlungen zusammen.

Detlef schien sich Notizen zu machen, im Anschluss ein Lob: Dass sie das Klinikum haben, bringe sie einen Riesenschritt voran, er werde morgen früh als Erstes hingehen und die Akte der Kleinen aufstöbern. Er hielt inne, dann: »Maria«, ob er zu ihr kommen könne? Er habe ebenfalls Neuigkeiten. Und Durst.

Maria winkte dem Kellner, zeigte auf ihr Glas, gleichzeitig zu Detlef: »Meinetwegen, für eine halbe Stunde.«

Detlef legte auf. Maria dachte: Jetzt lässt er alles stehen und liegen, er hat gehört, was mit mir los ist, den besten Sex hatten wir, wenn wir beide betrunken waren, das ist seine Hoffnung.

Fünfzehn Minuten später stand er vor ihr: Er parke mit dem Wagen neben ihrem, im Halteverbot. Sie habe einen Strafzettel, er schälte sich aus seiner Bomberjacke. Maria verzog das Gesicht, die Jacke gehöre verboten, außerdem sei es ihre vierte Buße heute, Hannes werde sie umbringen. Mit einem Schluckauf: Hannes erledigt die privaten Überweisungen, sie kenne nicht einmal die Bankverbindung.

Detlef stieg auf einen Hocker, sein Knie berührte ihres, sie umfasste das Weinglas mit beiden Händen, sah auf seine Lippen, vielleicht noch das Beste in seinem Gesicht, aber dazu gehörte auch nicht viel, sie kicherte. Detlef: Es sei ein neues Bild gekommen, auf dem aufgefundenen Handy, Mädchen, circa zweijährig, nicht beschnitten, farbig.

Maria stellte das Glas ab: »Das erleichtert die Suche«, ob es irgendwelche Hinweise gebe, dass es sich um ein verstorbenes Kind handeln könne?

Detlef schüttelte den Kopf: »Das Bild ist noch bei Leuthold, der meldet sich morgen früh.«

Der Kellner trat an den Tisch: Für Monsieur dasselbe? Detlef nickte, und noch ein Glas für Madame, bitte, er legte seine Hand auf Marias, vielleicht sei die Kleine mit der Genitalverstümmelung ebenfalls post mortem fotografiert worden. Dann müsse man jede Minute nach ihrem Tod rekonstruieren, wer sie auf Station betreut hat, wo sie aufgebahrt war, welcher Bestatter sie abgeholt hat, wo sie über Nacht bis zu ihrer Beerdigung lag.

Maria nickte, in ihrem Kopf drehte sich alles: Er solle noch mal jemanden zu Dilaras Familie schicken. Der Vater müsse befragt werden, männliche Verwandte, Detlef löste seine Hand, griff in die Hosentasche, zog ein zerfleddertes Notizbuch hervor. Der Kellner war gekommen und stellte den Wein ab, er reichte Detlef einen Kugelschreiber. Der kritzelte ein paar Worte, Maria betrachtete seine Hände, die Nägel spitz gefeilt: Wie er seine Hände maniküre, das sei doch weibisch! Und: Roman könne noch mal die Kinderärzte anrufen, es dürfte nicht viele farbige Kleinkinder in dieser Stadt geben.

Detlef warf einen irritierten Blick auf seine Fingerspitzen, wieso es *diese* Stadt sein müsse, er fuhr sich durch das Haar.

Maria: »Das muss man dir lassen, du hast volles Haar«, sie zuckte die Schultern, »*diese* Stadt, weil eines der Opfer von hier kommt.« Weil der Täter sein Umfeld brauche, in dem er agiere. Einen Raum vielleicht, in dem er fotografiere. Sie tippte sich an die Nase, mit Leutholds Stimme: »Sagt mir mein Riecher.«

Detlef beugte sich zu ihr, sein Mund kurz vor ihrem Gesicht: Darauf sei Verlass, ein »Darling«, er küsste ihre Nasenspitze. Maria schloss die Augen, seine Lippen rutschten abwärts, ein Handy läutete. Sie zogen die Köpfe zurück, hatten den gleichen Klingelton, griffen in ihre Taschen.

»Meins!« Maria las *Hannes,* zu Detlef: »Geh du ran, ich bin in einer Konferenz.« Detlef nahm das Telefon, Maria im Flüsterton: »Moment noch, sag ihm, ich bin gegen acht zuhause.« Detlef wiederholte ihre Worte und legte auf, ohne Hannes' Antwort abzuwarten.

Er drückte Maria den Wein in die Hand: »Auf die Ehe!« Maria leerte das Glas in einem Schluck: »Sex up your life«, Detlef lachte, legte den Arm um sie, sie hätte eben *ihn* nehmen sollen, dann würde sie noch heute gevögelt bis zur Besinnungslosigkeit, jetzt lag seine Stirn an ihrer Schläfe. Maria: Woher er wissen wolle, dass sie sexuell frustriert sei? Detlef kühn: Er kenne sie, sie habe diesen hungrigen Blick, wie damals, wenn er sie ein paar Tage nicht gefickt habe. Er richtete sich auf, zum Kellner: »Bringen Sie uns eine Flasche.«

Maria nickte: Er habe Recht, es laufe nichts mehr zwischen Hannes und ihr. Sie biss sich auf die Unterlippe: Verdammte Scheiße, er könne sich keine Vorstellung machen, wie unglücklich sie sei, damit beugte sie sich hinab, angelte die rote Tüte, ihr war schwindelig, ihr war alles egal, sie holte den schwarzen Schwanz hervor, legte ihn in die Mitte des Tischchens: »So weit ist es schon gekommen.« Detlefs Augäpfel zuckten von links nach rechts: »Maria!« Er griff nach dem Dildo, schob ihn unter die Tischfläche, klemmte ihn zwischen die Oberschenkel. Maria lachte, bis ihr die Tränen kamen, sie zog den Zeigefinger am Unterlid entlang, betrachtete die Überreste ihres Mascaras. Noch eins müsse man Detlef lassen, mit keinem könne sie so lachen wie mit ihm.

Detlef stützte das Kinn auf die Hände: »Wir haben nicht gelacht, Maria. *Du* hast gelacht. Alles, was du tust, tust du allein.«

Seine Worte drangen durch den Nebel in ihrem Kopf, sie erhob sich unsicher, sie werde jetzt besser gehen. Detlef reichte ihr die Tüte: Der Mohr habe seine Schuldigkeit getan, sie solle das Auto stehen lassen.

Maria schüttelte den Kopf: Sie sei stocknüchtern, und ab morgen werde es vorbei sein mit den Vertraulichkeiten.

Sie drückte ihm einen Kuss auf den Mund, machte kehrt, sah noch im Fortgehen, dass Detlef mit den Finger spitzen seine Lippen berührte und der Kellner eine Flasche brachte. Ihr Glas nahm er mit.

Der Mercedes besitzt einen Tempomaten. Sie stellt ihn auf dreißig, wenn sie getrunken hat. Dann fährt sie auf Schleichwegen nach Hause, durch Wohnquartiere parallel zur Seestraße.

Ihr Haus wird von außen durch mehrere Scheinwerfer beleuchtet, ebenso der Lebensbaum, Hannes hat Sinn für solcherlei Effekte, ihr Leben ist eine Installation.

Sie gelangte hinein, ohne ihm zu begegnen, hinauf in ihr Badezimmer, spülte mit Listerine, zwei Minuten lang, bis ihre Augen tränten, puderte das fleckige Gesicht, trug pinken Lipgloss auf, sie würde gut riechen und schön sein. Sie will keine Mutter sein, die trinkt.

Heinrich und Elisabeth in den Schlafanzügen, sie hockten auf dem Boden vor ihren Betten und spielten Ken und Barbie. Maria setzte sich auf das Bett, die Kinder unterbrachen ihr Spiel, legten sich ihr zu Füßen: »Du bist die beste Mami der Welt!« Maria hielt sie fest umschlungen.

Dann hob sie die kleinen Leiber ins Bett, dimmte das Licht, begann zu singen: »Abends will ich schlafen gehen, vierzehn Engel um mich stehen«, blieb noch eine Viertelstunde sitzen, bis keine Antwort mehr kam auf die geflüsterte Frage: »Wisst ihr eigentlich, wie lieb ich euch habe?«

Sie stand auf und durchquerte den dunklen Raum: Da waren keine Engel.

Zurück ins Bad. Die rote Tüte lag noch auf dem Boden. Maria schloss die Tür, drehte den Schlüssel zweimal herum, setzte sich, zog die Tüte zu sich heran, obwohl ihre Lust verflogen war: Sie wollte das hier hinter sich bringen. Sie holte das Gleitmittel hervor, schraubte die Tube auf und füllte ihren kleinen rosa Handteller. Die Flüssigkeit war klar, gleich jener, die an fruchtbaren Tagen aus ihr rinnt. Sie nahm den schwarzen Schwanz, betrachtete ihn, begann, ihn zu befeuchten, streichelte den Schaft entlang bis zur Spitze, hob ihn an ihre Lippen, küsste ihn, ließ die Zungenspitze über seine Eichel fahren.

Sie zog den Rock nach oben, das Höschen herunter, legte den Schwanz in ihren Schoß, sein Schwarz, das Weiß ihrer Haut, das Rot des Höschens. Maria verharrte in Betrachtung des Bildes, spreizte die Beine und atmete tief ein, stieß zu, vor Schmerz und Lust zerriss es sie fast.

Sie blieb liegen, den Schwanz noch immer in sich. Es klopfte an der Tür, sie machte nicht auf, hörte Schritte davongehen.

Noch zehn Minuten, dann stand sie auf, sah in den Spiegel, ihr Hals rot gefleckt, die Augen fiebrig, sie bückte sich und raffte zusammen, was am Boden lag, Schwanz, Tube, Höschen, sie würde einen sicheren Ort für all das finden, ein Versteck vor Hannes, ein Asyl.

Sie füllte die Badewanne, entkleidete sich, sank ins Wasser, betrachtete ihren langen, schmalen Körper, in ihrem Kopf die Worte *frisch gefickt*, sie war stolz auf sich.

Am nächsten Morgen erwachte sie erhitzt, hatte im Schlaf die Decke zu Boden getreten, lag nackt auf dem Laken, von einer dünnen Schweißschicht bedeckt. Hannes hatte in der Nacht das Fenster geschlossen. Sie strich mit dem Handteller über ihre kleinen Brüste, den Mädchenbauch, als sie den Kopf hob, schoss ein Schmerz in ihren Nacken.

Hannes' Atem rasselte, vorsichtig setzte Maria sich auf, nicht einmal eine gute Nacht hatten sie sich gewünscht. Sie stellte sich hin, ihr war schwindelig, sie schwor sich, nichts mehr zu trinken, jedenfalls, solange die Ermittlung lief – das Schlimmste war, sie glaubte, sich zu erinnern, Detlef geküsst zu haben.

Ihr Gesicht im Spiegel fahl, die Pusteln waren verschwunden, dafür waren die Falten noch da, sie hob die Stirn, jedenfalls hatte das Botulinumtoxin sie nicht umgebracht. Sie duschte kalt, rieb sich trocken, bis alles brannte, das Leben in sie zurückkehrte, rasierte sich endlich, Beine, Achseln, Scham, trug einen roten Lippenstift auf, ging in die Küche und stellte die Kaffeemaschine auf »booster«. Das Gebräu schwarz, dickflüssig, sie versenkte zwei Löffel Zucker darin und dachte an den Staatsanwalt.

Dann bemerkte sie, dass Hannes die Wohnung geschmückt hatte: Tannenzweige, Nussknacker, Scharen von Engeln, in solchen Dingen war Verlass auf ihn. Er ist ein guter Vater, trotz allem. Sollte es zu einer Scheidung kommen, müsste man überlegen, ob die Kinder bei ihm besser aufgehoben wären.

Bei dem Gedanken drehte sich ihr der Magen um, sie ließ sich in den Küchenstuhl fallen, starrte einen Moment aus dem Fenster, hinaus in das Dunkel, machte nur die weißen Leiber der Hühner aus, die noch immer auf ihren Hahn warteten.

Plötzlich stand Hannes in der Tür, in seinem blaugrünen Morgenmantel, gewaschen, rasiert: »Hast du mir etwas zu sagen?«, wie ein Vater zu seiner Tochter, und als sie schwieg, wiederholte Hannes, sie sollten reden, heute Abend. Maria nickte und erhob sich, er sei rührend, sein Glaube an die heilende Kraft des Wortes, ganz der Psychiater. Sie ging an ihm vorbei, sie werde jetzt die Kinder holen.

Sie stieg die Treppe hinauf und sah aus dem Augenwinkel, dass Hannes den Lippenstift am Rand ihrer Tasse mit einem Papiertuch entfernte.

Kurz vor acht, ein mattes Leuchten im Osten über den Bergspitzen.

Die Straße war trocken, der Himmel wolkenlos, Maria schloss die Garage auf, in der der Oldtimer stand, ihr schlug der beißende Geruch von Benzin entgegen. Beißend auch Hannes' Stimme in ihrem Kopf: Fingerabdrücke führen zu Oxidationsprozessen auf Lack und Chrom, übrigens auch auf Leder, sie griff nach dem Paar seidener Handschuhe, das auf dem Regal lag. Streifte sie über, entriegelte das Schloss und drückte den Griff hinab, ließ sich in den tiefen Sitz sinken, zog den Choke, rollte zurück auf den Vorplatz, hielt an, stieg wieder aus und schloss das Garagentor, ihr Blick ging zum Küchenfenster, Hannes hinter dem Vorhang. Sie stieg wieder ein, gab Gas, dass der Kies gegen den eierschalenfarbenen Lack stob, Hannes und der Vorhang gerieten in Bewegung.

Fünfhundert Meter bergab, vor Maria der schwarze See, sie bog ab auf die Uferstraße, das Wasser jetzt linkerhand. Sie setzte den Blinker und hielt am Ufer, neben dem Parkplatz ein kleiner Rasenstreifen, eine eiserne Treppe, hier schwimmen im Sommer die Kinder, auf einem Schild *Gefährliche Seetiefe.* Wagt sich ein Nichtschwimmer zu weit hinaus, verliert er den Grund, sinkt in die Schwärze und wird nie mehr gefunden.

Maria blieb vor einem kleinen Kreuz stehen, auf einem handgeschriebenen Schild hinter verschmutzter Folie der Name Marietta, neben dem Geburtstag der Todestag, 11. November, Marietta ist dreiundvierzig geworden. In einer Plastikvase frische Nelken. Wer geht im November ins Wasser? In schweren Kleidern ein paar Meter hinauszuschwimmen, das Bewusstsein zu verlieren vor Kälte und Schmerz, unter die Oberfläche gezogen zu werden, zu schweben, zu sinken, der See ist einhundertvierzig Meter tief an dieser Stelle. Im Gehirn noch ein Funken von Leben; Leuthold sagt, wer in eisigem Wasser ertrinkt, ist dreißig Minuten lang reanimierbar, dann erlischt der Funke.

Maria bückte sich, strich über Mariettas Kreuz: Ob du Kinder gehabt hast? Was musste geschehen, dass du deine Kinder verlässt?

Sie ging zurück zu ihrem Auto, als sie sich setzte und einige Atemzüge tat, beschlugen von innen die Scheiben. Sie fuhr mit dem Ärmel über das Glas, wischte sich ein Guckloch zurecht, der Motor sprang stotternd an.

An der Ausfahrt des Parkplatzes war kein Weiterkommen, der Verkehr floss zäh, sie erhaschte Blicke auf die vorbeigleitenden Gesichter, hier ist man reich und schön und traurig. Sie wartete lange, bis jemand winkte und sie in die Kolonne einscheren ließ.

Die nächste Ampel zeigte rot, Maria suchte mit der rechten Hand nach dem Handy, ertastete es in der linken Gesäßtasche, verrenkte sich und zog es mit Zeige- und Mittelfinger hervor, tippte mit dem Daumen Detlefs Nummer: »Ich bin es, Maria.« Sie musste rufen, um das Motorengeräusch des Oldtimers zu übertönen, sie sei auf dem Weg ins Spital und könne Verstärkung gebrauchen, ob er mitkomme. Die Ampel war auf grün gesprungen, der Lastwagenfahrer hinter ihr hupte, Maria legte den Gang ein, ein Krachen im Getriebe, Stille.

Plötzlich hupte es von allen Seiten, die Kolonne begann, Maria links zu überholen, während sie am Choke rüttelte, endlich sprang der Motor wieder an. Sie fädelte sich ein, bitterböse Blicke, ihr fiel Detlef am Handy ein: »Bist du noch da?«

Ja, das sei er, Detlef ungehalten, und ja, er komme mit. Maria sah rechterhand eine Boutique und glaubte, im Vorbeifahren ein kleines Schwarzes im Fenster zu entdecken, mit bauschigem Saum. Sie rief: »Wart mal!«, betätigte den Kippschalter für den Blinker, scherte aus, setzte unsanft auf den Gehweg, rollte zurück und hielt an, sie müsse noch etwas erledigen, also Treffen in einer halben Stunde vor dem Eingang der Kinderstation, von Detlef nur ein »Jaja«. Er solle auf keinen Fall ohne sie hineingehen, sie müsse ihm auf die Finger sehen, seine Instinkte seien schwach, er merke nicht, wenn jemand lüge, so ungern sie ihm das sage, und ob er noch da sei, hallo?

Detlef hatte aufgelegt.

In der Boutique warteten drei kopflose Puppen und eine Verkäuferin, sie begrüßte Maria, hätte dreißig sein können oder auch fünfzig, die Gesichtshaut gestrafft, Lippen so groß wie Labien, osteuropäischer Akzent. Angehörige einer neuen Generation von Frauen, die aus der Ukraine oder Russland zum Heiraten in die Schweiz kommen, sich wieder scheiden und abfinden lassen. Maria lächelte, sie mag Frauen, die ihre Männchen nach der Paarung fressen.

Sie wies auf das Fenster, aus welchem Material das Kleine Schwarze sei, die Verkäuferin mit großen weißen Zähnen: »Polyester mit Spandex, der Saum aus Federn vom Marabou, vierhundertachtundneunzig Franken.« Maria mit einem Blick auf die Uhr: Sie habe keine Zeit zu probieren, sie bitte darum, ihr das Kleid einzupacken, im Übrigen sei es für ein Rendezvous gedacht, ob sie Strümpfe dazu tragen solle oder nicht? Die Verkäuferin tat einen Schritt zurück und musterte Marias Beine, schöner sei es immer ohne, aber natürlich komme es drauf an. Maria nickte, also keine Strümpfe, ihre Vena magna mit zugehörigen Seitenästen sei vergangenes Jahr vom Venerologen verödet worden, die subkutan verkochten Gefäßwände längst resorbiert, für die nächsten Jahre würde sie frei sein von Krampfadern. Die Verkäuferin lächelte wissend.

Maria zahlte mit Kreditkarte, für ein Kleidchen hat Hannes Verständnis, sie ließ sich die Tür aufhalten und stieg ins Auto.

Der Verkehr hatte nachgelassen, Maria gab Gas, der Oldtimer heulte auf, Einkäufe machen sie übermütig, bei Tempo achtzig schob sie die Hand in die Tüte auf dem Beifahrersitz, befühlte die Federn, konnte es nicht abwarten, das Kleid zu probieren. Ein kühner Gedanke: Sie würde im Präsidium hineinschlüpfen, unter Detlefs Augen, die Wirkung auf einen Mann will getestet sein, schade nur, dass sie heute ein Ungetüm von Unterhose trug.

Detlef stand vor einer Glastür mit der Aufschrift *Kinder-Intensivstation*, von Maria kein Küsschen, nur: dass er ihren Besuch hoffentlich nicht angemeldet habe?

Detlef schüttelte den Kopf, die Augen auf den Boden gerichtet. Maria ging an ihm vorbei, stieß die Schwingtür auf, in der Schleuse lagen Überschuhe und Kittel bereit. Detlef war ihr gefolgt, sie zogen sich um, dabei fiel kein Wort, sie öffneten den Durchgang zur Station, es roch nach Desinfektionsmittel und Kaffee. Piepsende Laute von Überwachungsmonitoren, keine Kinderstimmen; Maria dachte: Sie sind verstummt, die hier liegen.

Ein Arzt kam ihnen vom Ende des Flures entgegen, Ende dreißig, groß, korpulent, mit Doppelkinn, unter dem weißen Polo-Shirt schlaffe Männerbrüste. Er schien müde, wurde im Eilschritt überholt von drei jungen Schwestern, Maria musterte die rosigen Gesichter. Sie zog ihren Ausweis, der Arzt blieb vor ihr stehen, in seinen Augen Teilnahmslosigkeit. Dr. Noll, er habe gerade Feierabend, sie mögen ihm ins Stationszimmer folgen. Ohne eine Antwort abzuwarten, ging er voraus. Maria und Detlef folgten im Gänsemarsch, vorbei an gläsernen Kompartments, darin kleine Körper an Schläuche angeschlossen, hier und da eine regungslose Mutter.

Im Stationszimmer ein Tisch aus weißem Resopal, Bank, Kühlschrank, Waschbecken, ein Rechner. Der Kaffeeduft kam von hier, Noll nahm Tassen von der Spüle und füllte sie aus einer Kanne, gab Milch und Zucker hinzu: »Recht so?«, und, wie um der nächsten Frage zuvorzukommen: Er stamme aus Thüringen, das schweizerische Gesundheitswesen sei auf Arbeitskräfte aus dem ungeliebten Bruderland angewiesen.

Noch hatte Maria keinen Satz gesagt, sie saßen über Eck, hielten die Becher umfasst, Maria betrachtete die Hände des Arztes, größer als die des Täters und unbehaart. Sie ergriff das Wort, es liege ihnen die Anzeige einer Familie vor, deren Tochter hier auf Station verstorben sei, die Eltern halten einen Behandlungsfehler für denkbar. In den Augen des Arztes gekränkter Stolz, Maria weiter: Sie werde die Krankenakte einsehen und sich ein wenig umschauen. Später wolle sie mit einigen der Beteiligten sprechen. Detlef starrte in seine Tasse, er schämte sich für Marias Dreistigkeit und bewunderte sie. Noll sagte: »Aha«, stand auf, ging an den Kühlschrank. Maria dachte: Der Arsch eines Nilpferdes, dann fiel ihr ein, dass Leuthold behauptet, fette Männer seien keine Täter, Fettgewebe enthält Östrogene, Östrogene hemmen den Trieb.

Noll öffnete die Kühlschranktür, stellte eine Schachtel Pralinen auf den Tisch, ließ ein pinkes Törtchen in seinem Mund verschwinden: Er gehe davon aus, sie habe eine richterliche Verfügung?

Maria nickte, griff nach der ledernen Aktentasche, Noll unterbrach, schon gut, wie die Kleine geheißen habe? Detlef nannte Namen und Geburtsdatum, wie aus der Pistole geschossen. Maria leise: »Immer kompensierst du mangelnde Intuition durch Vorbereitung.«

Die Tür flog auf, eine Schwester Mitte vierzig trat ein, strebte dem Tisch zu, entdeckte die Schachtel, beugte sich darüber, nahm ein türkises Praliné, schob es zwischen die roten Lippen, lächelte in Detlefs Richtung und verschwand.

Detlef mit glühenden Wangen, wer das gewesen sei? Noll lachte auf, alert: Der Herr Kommissar solle sich vor Ursina hüten, ein Grinsen in seinem feisten Gesicht, er wandte sich um, tippte etwas in den Computer, auf dem Bildschirm erschien ein Dossier. Noll wieder ernst: »Ist acht Wochen her, ich erinnere mich gut, sie hatte Masern. Paramyxovirus, diese Leute impfen ihre Kinder nicht.« Er rollte mit den Augen. In 0,1 % der Fälle komme eine Meningoenzephalitis vor, diese verlaufe wiederum zu 20 % tödlich. Fieber, Kopfschmerz, Erbrechen, Koma. Die Patientin hier habe einen Herzstillstand erlitten, er wisse noch, dass es ihn überrascht habe, wie schnell es am Ende gegangen sei. Damit drehte er sich zurück, fingerte das letzte rote Törtchen hervor: »Was sollen wir falsch gemacht haben?«

Maria: Sie ist nicht hier, um Fragen zu beantworten, ob er ihr die Akte ausdrucken könne, bitte, und: »Würden Sie uns jetzt die Station zeigen?«, sie erhob sich, jedes Zimmer, in dem die Patientin gelegen habe, vor und nach ihrem Tod. Noll reichte ihr den Ausdruck, eine ironische Verbeugung, sein strähniges Haar verrutschte.

Sie standen auf dem Flur. Noll ging lustlos voran: Die zwei, drei verschlossenen Räume seien Isolierzimmer, da liegen Kinder mit ansteckenden Krankheiten, oder, wenn *Umkehrisolation* dransteht, immungeschwächte Patienten, die man vor Infektionen schützen müsse. Er blieb vor einem leeren Raum stehen, dort habe Dilara gelegen. Detlef trat an die Scheibe: »In demselben Bett?« Noll schüttelte den Kopf, nicht unbedingt, Betten werden desinfiziert und ausgetauscht, aber es sei der gleiche Typ gewesen.

Detlef zog sein Notizbuch hervor, kritzelte etwas mit einem winzigen, zerkauten Bleistift, er werde die Spurensicherung schicken. Maria schüttelte den Kopf, ihm ins Ohr: Das seien nicht die Laken, auf denen die Kinder geschändet werden, sie habe ein fotografisches Gedächtnis für Beweismittel.

»Wohin bringen Sie die Verstorbenen?«, Maria zu Noll, er gähnte, seine Augen tränten: Wenn sie Angehörige haben, in den Aufbahrungsraum, einen Flur weiter. Wenn nicht, nach unten in den Keller, manchmal gebe es eine Obduktion, die Klinik habe ihre eigene Pathologie.

Detlef kritzelte aufgeregt, wie oft das vorkomme?

»Die Leichenschau? Selten.« Noll verzog das Gesicht, es werde gespart. Er kratzte an seinen Geheimratsecken, erst rechts, dann links, betrachtete seine Fingernägel: »Außerdem die Eltern. Ein Riesenproblem. Sie wehren sich mit Händen und Füßen dagegen, von Organspenden ganz zu schweigen.« Er wies auf einen Durchgang, man möge ihm folgen. Der nächste Flur, eine Tür ohne Aufschrift, Noll blieb stehen: Das Aufbahrungszimmer, als solches nicht erkennbar. Kein Angehöriger, der sich hierhin verirre, solle glauben, dass sein Kind einmal so enden könne, er drückte die Klinke hinab.

An der Decke ein kleines Oberlicht, in der Mitte eine Liege, rechts und links zwei große Kerzenständer. Die Wände schmucklos, keine religiösen Symbole, vier hölzerne Stühle. Maria betrachtete das schmale Lager, nur ein totes Kind, das dort nicht herabfällt: Womit die Liegefläche abgedeckt werde?

Sie solle doch bitte die Schwestern fragen, das sei nicht sein Job. Noll schon wieder auf dem Weg nach draußen, er sah auf die Uhr, wieso sie das interessiere? Als das Kind hier lag, sei es doch schon tot gewesen, da haben sie schlecht einen Kunstfehler begehen können, zum ersten Mal Misstrauen in seinen Augen, außerdem: Er müsse jetzt wirklich, er sei seit sechsunddreißig Stunden auf den Beinen.

Auf der Station herrschte Geschäftigkeit, Ärzte mit wehenden Schößen, aus einem der Zimmer drang ein gleichbleibender Ton, um das Bett mehrere Schwestern, die beiseite sprangen und den Blick auf einen Defibrillator freigaben. Detlef stieß einen Pfiff aus, in Marias Ohr: »Das könnte der Nächste sein!« Maria gab ihm einen Tritt, verdammt, er hatte keine Kinder.

Sie gingen weiter, auf der linken Seite des Flures Ursina, unbeeindruckt von dem Auflauf, sie öffnete eine Schranktür, entnahm einen Stapel Laken. Maria blieb stehen, welches Tuch für den Aufbahrungsraum sei?

Ursina drehte sich um, warf Noll einen Blick zu, der nickte, Ursina zeigte auf ein Fach mit rauem Leinen. Maria zu Detlef: Er könne seinen Bleistift stecken lassen, wieder nichts, sie ließ die gaffende Ursina stehen.

In der Schleuse stopften sie ihre Überschuhe und Kittel in bereitstehende Tonnen. »Diese Schwester mit den roten Lippen«, Detlef fuhr sich mit der Zungenspitze über die Oberlippe. Maria unbeherrscht: Ob Männer nie an etwas anderes denken können. Detlef: Er meine sich zu erinnern, dass ihr das einmal gefallen habe. Ein süffisantes Lächeln, sie warteten vor dem Aufzug, ihre Gesichter spiegelten sich matt in der messingfarbenen Tür, Maria hob die Faust und hieb sie gegen Detlefs Abbild. Der schürzte die Lippen: Alle Achtung. So leise, dass sie ihn kaum verstand: Er habe nicht gewusst, dass sie *so* unglücklich sei.

Die Tür öffnete sich, Maria betrat die Kabine, drehte sich um und stieß ihn mit ausgestrecktem Zeigefinger von sich. Er könne die Treppe nehmen, sie klopfte auf ihre Tasche, und gleich im Präsidium fände er die Krankenakte auf seinem Schreibtisch, die arbeite er in null Komma nix auf.

Im Präsidium Stille, die Kollegen hockten vor ihren Computern, Roman sprach leise in ein Telefon. Maria ging den Flur entlang, klopfte an Zimmertüren: »Besprechung in zehn Minuten, ich erwarte, dass ihr pünktlich seid«, vereinzelte Lacher. Sie setzte sich in den Konferenzraum.

Gewaltbereit, das war noch nie vorgekommen. Wenn sie jetzt den Raum verlassen könnte, den Flur entlang, die Treppe hinab, auf die Straße treten und verschwinden, das nächstbeste Taxi zum Flughafen nehmen, ein Ticket kaufen ans andere Ende der Welt.

Genug Geld hätte sie, um in Feuerland oder Alaska bis ans Ende ihrer Tage dahinzuvegetieren.

Sie würde sich vorstellen, wie ihre Kinder aussähen, nach einem Jahr, nach zwei, nach fünf Jahren, eine Vorstellung, die sie schmerzte, der Schmerz würde sie lange am Leben halten. Nach Hannes würde sie sich nicht sehnen, das tat sie schon jetzt nicht mehr, aber manchmal nach dem Anderen.

Die Männer trafen ein, Roman als Letzter, und setzten sich.

Wieder blieben die Plätze neben Maria frei, sie sah herausfordernd in die Runde: »Wir sind vollständig, Detlef kommt nicht, mach die Tür zu, Roman.«

Roman blieb sitzen.

Marias Worte schneidend, er solle die Tür schließen, ein eisiges *bitte*, die Männer sahen neugierig auf, Roman erhob sich und gab der Klinke einen Stoß.

Marias Stimme bebte von unterdrückter Wut: Detlef durchforste in diesem Moment die Patientenakte nach Namen und Örtlichkeiten, wer mit Dilara zusammengekommen sei und wo, Ärzte, Pfleger, Laboranten, Fahrer, männliches Reinigungspersonal, Frauen könnten sie außen vor lassen, oder sei jemand anderer Meinung?

Eine Hand schoss in die Höhe: »Das ist diskriminierend«, die anderen lachten. Maria: »Das ist Profiling.«

Roman mit der Stimme eines Strebers: Er habe etwas zu sagen. Wieder Gelächter, Maria schlug mit der flachen Hand auf den Tisch, Roman selbstgefällig: Er ist an dem Ring dran. Er wisse jetzt, wer ihn herstelle, ein seltenes Stück, es gebe nur wenige davon in der Stadt. Er wartete auf Lob, Maria tonlos: »Sehr gut«, er könne weiterreden.

Ein Goldschmied aus der Altstadt, er habe schon mit ihm

telefoniert. Er wartete auf die nächste Streicheleinheit, Maria fand, es genüge, er solle schleunigst hinfahren, das Foto mit der Hand darauf mitnehmen, aber das Geschlechtsteil retuschieren. Roman beleidigt: Das hätte sie ihm wirklich nicht sagen müssen.

Marias Blick fiel auf Simon: »Und du?« Der hatte das Haar in der Mitte gescheitelt, senkte den Kopf wie zum Angriff: Das Abklappern der Wohnungen und Läden am Fundort habe nichts gebracht.

Urs gehässig: »Was hast du erwartet?«

Simon: »Nichts.«

Maria seufzte, eine Scheißstimmung in ihrer Truppe, keiner kann den anderen leiden. Was Urs für sie habe? Es klopfte, bevor Urs den Mund öffnen konnte, der Staatsanwalt streckte den Kopf durch die Tür, entdeckte Maria, mit Schelmengesicht: »Excusez«, er sei schon fast wieder weg. Er schob sich zwischen Tür und Rahmen, trat neben sie, beugte sich hinab, ihr ins Haar: Es gebe etwas, das sie wissen müsse, für einen Lunch sei es zu spät, also: »Zwischen sieben und neun, ich bin zuhause und warte auf Sie. Ich weiß, dass Sie immer die Letzte sind«, er nannte eine Straße, beste Lage, Hausnummer dreizehn, richtete sich wieder auf: »Frohes Schaffen«, war verschwunden. Es war still.

Maria räusperte sich, das sei Lorenzo gewesen, der neue Staatsanwalt, den sie nun auch kennen, wo waren sie stehen geblieben? Urs?

Urs blickte auf die Tür, dann gedehnt: Er habe Roman den Job mit dem Negermädchen abgenommen. Maria: Sie würde doch sehr bitten. Urs: »... der kleinen *Farbigen*, und jetzt kommt's: Auf derselben Station, wo die Chefin heute Morgen war«, keiner nannte sie Maria, »hatten sie eine *Farbige*, die vor vier Wochen verstorben sei.«

Maria: Ob das Alter passe?

Urs begann, seinen Daumennagel zu bearbeiten, nahm

dafür den Mittelfinger der anderen Hand zuhilfe: »Leuthold sagt, der Form des Geschlechtsteils nach muss sie zwischen zwei und drei Jahren alt sein.«

Maria streckte den Rücken: »Und?«

Urs schnippte etwas zu Boden, die Kleine aus der Klinik sei zwei Jahre und drei Monate gewesen.

Maria: Sie werde Detlef losschicken, die Akte holen. Sie stieß ihren Stuhl beiseite, ging zur Tür, drehte sich noch einmal um, das nächste Treffen sei am frühen Abend, sie gebe ihnen Bescheid.

Die Männer erhoben sich langsam, warfen einander Blicke zu, ihre einzige Gemeinsamkeit die Schmach, dieser Frau Gehorsam leisten zu müssen.

Detlef saß über eine Liste gebeugt, links neben sich einen fast leeren Becher aus Styropor, rechts einen Notizzettel, eine Reihe von Namen, dahinter Symbole.

Maria beugte sich über seine Schulter; der Geruch von Männerschweiß und ihr Limbisches System gerät in Aufruhr, sogar, wenn er von Detlef kommt. Sie wich zurück, sagte etwas, merkte, dass ihre Stimme zu hell war, noch einmal eine Quarte tiefer: Was Detlef für sie habe?

Detlef für diesmal ungerührt: Vom ärztlichen und Pflegepersonal kommen zwölf in Frage, er griff nach dem Becher, kippte den letzten Schluck kalten Kaffees hinunter. Maria schüttelte den Kopf, er solle aufhören, das Zeug zu saufen, sie hole ihm ausnahmsweise einen Neuen, nicht, dass er den Faden verlöre, wenn er schon einmal nachdächte.

Sie verließ das Büro mit großen Schritten, froh, für einen Moment entkommen zu sein, mit klappernden Absätzen über den Flur, die Gespräche in den angrenzenden Räumen verstummten.

Am Automaten traf sie auf Urs, der ihr den Vortritt ließ, Maria verzichtete auf ein Dankeschön, diese Männer hatten

Demut zu lernen, zapfte zwei Milchkaffee, balancierte sie zurück ins Büro.

Wieso nur zwölf in Frage kommen? Sie reichte Detlef den Becher, er: Weil es zehn Ärzte gebe, einen Pfleger und einen Präparator, Ärzt*innen* und Krankenschwestern habe er ausgeschlossen.

Sein Zeigefinger tippte auf den obersten Namen: »Wollen wir den Chefarzt streichen?«

Maria zögerte: »Wie alt?«

»Über sechzig, bisher noch nicht aufgefallen, ebenso wie sein Oberarzt und dessen Stellvertreter.« Detlef klopfte auf Nummer zwei und drei, alle bereits eingeklammert, Maria nickte. Dann kam Noll, ebenfalls in Klammern, auch da stimmte sie zu, der war sauber.

Welches der Pathologe sei? Maria jetzt wieder nah hinter Detlef, mit angehaltener Luft. Er: Der Pathologe sei eine Frau, wenn Maria wolle, gehe er heute noch hin.

Maria: »Nein«, dieser Punkt sei wichtig, den müsse sie selbst übernehmen, Detlef könne die Station checken, er solle an das Reinigungspersonal denken, sie gehe runter in die Pathologie, gleich morgen früh um sieben, ihr graue schon jetzt vor dem Aufstehen.

Sie machte einen Schritt rückwärts, ging an den Wandschrank, nahm ein Blatt von der Größe einer Tischplatte, breitete es aus, vergaß die Männer, vergaß sich selbst, begann zu zeichnen, Opfer, Verdächtige, mögliche Tatorte, Fundorte, dazwischen ihre Ermittler, kleine Männchen in Uniform, sie hörte nicht, wie Detlef sagte: »Ich hole die anderen, mach du weiter«, und das Büro verließ.

Als sie wieder aufblickte, war es kurz vor acht, vor dem Fenster tiefste Dunkelheit, Hannes wartete, der Staatsanwalt ebenfalls, sie griff zum Telefon.

Zum Glück sprang zuhause der Anrufbeantworter an:

»Hannes, ich komme spät und gehe morgen früh kurz nach sechs, bitte das Kindermädchen, über Nacht zu bleiben, wenn es dir zu viel wird, ich ...«, fast hätte sie gesagt, *liebe dich*, wie sie es immer getan hatte, sie legte auf, erhob sich, warf einen Blick auf ihre Jeans, die weiße Seidenbluse, zerknittert, verschwitzt, sie hatte nichts zum Wechseln dabei. Ihr fiel das kleine Schwarze mit den Maraboufedern ein, ohne Strümpfe, sie bückte sich, schob die Hand unter den Saum ihrer Jeans, die Beine noch glatt, beinahe jedenfalls. Zum Glück hatte sie heute ihr Make-up dabei, auch die Zahnbürste. Sie ging über den verlassenen Flur, betrat das WC, versicherte sich, dass sie allein war, riss einen Packen Papier aus dem Spender, tränkte ihn mit Wasser und der flüssigen Seife der städtischen Polizei, reinigte nacheinander Füße, Achseln, Geschlecht, Anus, putzte Zähne und Zunge, frischte Puder und Lippenstift auf, die Augen blieben müde trotz einer weiteren Schicht Mascara. Sie löste den Knoten, ließ das Haar hinab, tauschte Hose und Bluse gegen das kleine Schwarze, das Ungetüm von Unterhose zeichnete sich unter dem zarten Gewebe ab, sie zog es aus, stopfte es zu der Jeans in die Tasche, betrachtete ihren Po im Spiegel, ging ins Hohlkreuz, legte ihre Hände um die Pobacken (sie findet sie zu klein).

Vom Flur ein Rumpeln, die Putztruppe rückte an. Maria raffte ihre Utensilien zusammen, stieß vor der Tür mit dem Wägelchen zusammen, Eimer, Schrubber, Abfallsack. Sie nickte den Putzfrauen zu, aus der Türkei, so viel wusste Maria, jedoch das Haar unbedeckt, die städtischen Behörden dulden keine Kopftücher.

Hoffentlich putzen auch im Krankenhaus Frauen, das würde die Zahl der Verdächtigen einengen, Maria hat nichts übrig für große Täterkreise, auf einem Lehrgang hat man ihr gesagt, sie delegiere zu wenig. Sie traut niemandem außer sich selbst, vielleicht daher der Frust in ihrer Truppe.

Sie schlich sich ins Büro, griff nach dem Mantel. Fror

schon jetzt an ihren nackten Beinen, als sie im Auto saß, zitterte sie am ganzen Körper.

Ihre Laune wurde schlechter, schon überlegte sie, Richtung See nach Hause zu fahren, andererseits erwartete sie dort Hannes' Wunsch nach einer Aussprache, sie war nicht in der Stimmung, seinen Monologen zu lauschen.

Sie ließ den Oldtimer aufheulen und folgte den Straßenbahnschienen bergan. Mehrfamilienhäuser wichen Villen, Gärten wurden zu Parks, seine Straße führte zum Zoo hinauf.

Die Nummer dreizehn ein modernes Haus, von einem weitläufigen Garten umgeben.

Maria meinte, im Vorbeifahren einen überdachten Pool zu erkennen, stellte den Wagen einige Häuser weiter auf den Gehweg, legte ein Schild hinter die Windschutzscheibe, *Polizei im Einsatz,* handgeschrieben, manchmal hilft das, obwohl Detlef sie dafür auslacht.

Sie blickte in den Rückspiegel, hoffentlich gab es ein Glas Champagner, stieg aus, zwang sich, langsam die Straße hinabzugehen bis vor seine Tür, blieb stehen, sah auf ihre dünnen Beine herab. Fühlte sich plötzlich erbärmlich, nackte Knie im Dezember, was ist schön an Hühnerhaut.

Es war zu spät, etwas daran zu ändern, sie drückte den Klingelknopf, wütendes Gebell.

Sie erstarrte. Seit ihrer Kindheit fürchtet sie sich vor Hunden.

Lorenzo öffnete, drei Dackel sprangen herbei und machten sich an Marias Beinen zu schaffen, leckten, schnüffelten, knabberten.

Lorenzo schob sich dazwischen, fasste Maria an den Schultern, drückte ihr rechts, links, rechts drei Küsse auf die Wangen: »Maria!«, er habe gekocht, er hoffe, sie habe Hunger. Maria versuchte, die Hunde beiseitezuschubsen, Lorenzo schüttelte den Kopf, sie solle aufhören, nach ihnen zu treten, das reize sie nur, immer schön locker bleiben, dann verlieren sie das Interesse.

Maria ließ ihn ihre Hand nehmen, sich ins Innere ziehen, er plauderte, seine Dackel seien fromm wie die Lämmer, Maria saß jetzt auf dem Sofa, er glaube sogar, Sir Nelson möge sie, er bückte sich, hob einen der Hunde an, setzte ihn auf Marias Schoß, Sir Nelson habe nämlich Menschenkenntnis.

Maria hielt den Atem an, betrachtete das Tier, das begann, an ihren Brüsten zu schnuppern, Lorenzo lachte: »... und Geschmack«, er rieb sich die Hände, »Champagner, Prosecco, Campari orange?« Maria wagte nicht, sich zu rühren, Lorenzo munter: »Das hieß wohl Campari«, er wandte sich um und trat an die Bar, blauer Schleiflack, öffnete eine Tür, entnahm zwei Gläser, während Nelson das Interesse an Marias Brüsten verlor, sich dem zuwandte, was zwischen ihren Beinen duftete, und versuchte, seine Schnauze zwischen ihre Schenkel zu schieben, er jaulte, als es misslang.

Lorenzo drehte sich um: »Nelson, lass das!«

Zu Marias Überraschung sprang Nelson von ihrem Schoß, lief zu seinem Körbchen.

Maria war erleichtert, sie beugte sich nach vorn, betrachtete den Schaden an ihrem Kleid, einige Speichelspuren, drei oder vier Ziehfäden, alles reversibel, Hauptsache, sie war die Bestie los.

Lorenzo erschien mit zwei Gläsern, setzte sich neben Maria: »Santé«, fidel fugte er hinzu: Am liebsten würde er sich betrinken heute Abend.

Maria zu sich selbst: Ich mich auch, sie nahm ihren Campari, sagte, ohne Lorenzo anzusehen: »Zum Wohl«, sie trank in kleinen Schlucken, bis das Glas leer war. Saß eine Minute kerzengerade, Ruhe kam über sie und die Erkenntnis, dass Männer und Frauen einander nur in betrunkenem Zustand ertragen.

Lorenzo ins Gesicht sagte sie: Er habe ihr etwas mitteilen wollen?

Lorenzo griff nach ihrem Glas, erhob sich, er sei Leo, eine Verbeugung, sein Haar war sehr dunkel, möglicherweise getönt, oben licht, dann ist er doch schon fünfzig, dachte Maria.

»Leo«, Maria zupfte am Saum ihres Kleides, hielt eine Feder in der Hand, ließ sie zu Boden schweben, »angenehm«, aber das ändere nichts.

Lorenzo saß wieder neben ihr, hatte nachgeschenkt, sie sei eine Frau mit Prinzipien, das gefalle ihm, auch, wie sie versuche, das entzückende Kleid über die entzückenden Knie zu ziehen, was ihr nie und nimmer gelänge, wie ihr Tag gewesen sei?

Er hatte den Blick von Marias Beinen gelöst, betrachtete seine Hände. Maria zog ein Knie auf das Polster, betrachtete Lorenzos Profil: hohe Stirn, Adlernase, die Oberlippe vollkommen, ein Schatten von Bart, ein Mann, die sich zweimal täglich rasieren muss. Er versuche ja schon wieder, sie auszuhorchen. Sie glaube nach wie vor nicht, dass sie ihm Auskunft schuldig sei.

Ihre Weigerung stand für einen Moment im Raum, dann bellte Sir Nelson, kletterte aus seinem Korb, er hatte die Feder entdeckt und schnüffelte.

Lorenzo: »Her damit, Nelson, das ist *mein* Souvenir«, er richtete sich auf, strich mit der Feder über Marias Knie, er sei doch nur neugierig, sie solle nicht so streng sein.

Sir Nelson hob den Kopf und verharrte neben Marias Fuß, plötzlich schlug er seine Zähne in ihren Saum, schnaubte, das Maul voller Federn. Lorenzo warf den Kopf in den Nacken und lachte: »Er *liebt* Vögel, entschuldige.« Maria war erstarrt, hielt den Blick auf die klaffende Lücke gerichtet.

Lorenzo: »Ich klebe die Federn wieder an, versprochen.«

Sir Nelson verschluckte sich, hustete, Maria entfuhr ein

spitzes Lachen: »Er hat sie aufgefressen!« Lorenzo hob das Glas, oh Gott, das sei ungezogen von Sir Nelson, aber er, Lorenzo, werde es wiedergutmachen, er habe für sie beide auch einen Vogel, ob er Maria für einen Moment alleinlassen dürfe. Maria noch immer regungslos, eine Minute, zwei, kippte ihren Campari hinunter, überschlug die Anzahl der fehlenden Federn, zehn bis zwölf dürften es sein, sie hob den Saum, betrachtete die Naht, jede Einzelne war mit dem Stoff verwoben. Das Beste wäre wohl, den Marabou ganz zu entfernen, das Kleid wäre dann immer noch schön, wenn auch weniger glamourös.

Sir Nelson würgte, Lorenzo tauchte auf, rief ein paar beruhigende Worte, kehrte zurück in die Küche, das Geräusch von Topfdeckeln, eine Ofentür wurde geschlossen, das Plopp einer Weinflasche. »Maria, nimm doch Platz, meine Liebe.«

Der Tisch war feierlich gedeckt unter einem Gemälde, das die gesamte Wand in Beschlag nahm, Maria blieb davor stehen.

»Annemirl Bauer«, Lorenzo mit Schürze präsentierte eine Gans, er bevorzuge Kunst von Frauen.

Er verteilte Klöße, Maria starrte auf den Berg auf ihrem Teller, für wen das sei? Lorenzo: »Alles für dich, mein Herz, du musst bei Kräften bleiben«, er griff nach Messer und Gabel, »Guten Appetit«, sie brauche eine Stärkung, sie habe es schwer mit ihren Männern.

Sie kauten, einige Minuten lang Schweigen, dann sah Maria auf: »Es ist ganz köstlich, und, ja, es ist nicht einfach, die einzige Frau zu sein.«

Lorenzo ließ die Gabel sinken, es sei auch nicht einfach für die Männer, Maria sei klüger, schöner, reicher als sie, mächtiger und wortgewandter, dagegen rebelliere die männliche Natur.

Er sah Maria in die Augen: »Ich habe ihre Blicke gesehen, am liebsten würden sie dir den Hals umdrehen.«

Maria zuckte zusammen, Lorenzo nahm ihre Hand, *jeder* habe Angst vor ihr, er streichelte Marias Finger, er auch, aber er würde sie jetzt trotzdem gern küssen.

Und er küsste sie, die Berührung fast unmerklich, dann widmete er sich der Brust auf seinem Teller, wenn sie nachher aufgegessen haben, mache er ihr den besten Espresso der Welt.

Als sie beim Kaffee ankamen, war Maria betrunken, saß auf der Stuhlkante, der Saum verrutscht, die Beine bloß. Lorenzo hatte sich ihr gegenübergesetzt.

Er legte die Hände auf ihre Knie, drückte sie sanft auseinander, bitte, ob er sie für einen Moment ansehen dürfe, sie ließ ihn gewähren. Er mit belegter Stimme: Sie habe ja kein Höschen an.

Er schloss die Augen, Maria ihre Schenkel, sie erhoben sich, er zog sie mit sich ins Schlafzimmer.

Ein Futon, an der Decke ein großer Spiegel, die dunkelblauen Vorhänge zugezogen, vom Wohnzimmer drangen gedämpft Licht und Musik. Lorenzo: »Ich will dich, Maria.«

Sie streifte die Schuhe ab, setzte sich auf das Bett, streckte die Beine aus, ließ sich auf die Decke fallen, schob das Kleid nach oben, entblößte ihm ihre Vulva, das helle Blau seiner Iris schmerzte in ihren Augen, während er sie fickte, sie konnte den Blick nicht abwenden.

Hinterher lagen sie aufeinander, ineinander, Marias Arme noch um ihn gelegt, die Hände auf seinem Gesäß, sie atmete seinen Schweiß, wusste, sie würde nicht mehr loskommen: »Ich liebe dich, Leo.«

Sie stellte den Oldtimer kurz nach vier auf den Vorplatz, blieb sitzen, ließ den Händel zuende spielen, *Hallelujah,* zum wievielten Mal. Zwei Stunden bis zum Aufstehen, nicht einmal, Hannes würde empört sein, besser, sie schliefe im Gästezimmer. Duschen würde sie nicht, sie wollte den Geruch von Leos Geschlecht unter der Decke einfangen, die Hände auf die klebrige Nässe ihrer Schenkel legen.

Sie stieg aus dem Auto, schloss leise die Tür, erreichte die Küche unbemerkt, trank in gierigen Schlucken Wasser aus dem Hahn. Ging auf die Toilette, schob das Kleid nach oben, betrachtete ihre geschwollene Vagina, *wundgefickt.* Später lag sie auf dem Bett, das zerrissene Kleid am Boden, darauf die hohen Schuhe, sie starrte an die Decke und zitterte vor Glück, zum ersten Mal seit langer Zeit.

Der Himmel war sternenklar um sechs, als Maria aufstand, vollkommen gerädert, sie ging unter die Dusche, shampoonierte sich ein von oben bis unten, die Pathologin, die sie gleich träfe, wäre geschult darin, Gerüche zuzuordnen, Düfte wie den, der heute Morgen den Raum erfüllt hatte wie ein Opioid. Sie kehrte noch einmal zurück ins Gästezimmer, schüttelte das Bett auf, öffnete das Fenster, Hannes würde es gegen neun auf seinem Rundgang durch das Haus entdecken und schließen.

Ihr war schwindelig, Restalkohol im Blut, sie ging in die Küche und trank eine Tasse nachtschwarzen Kaffees, eine zweite, fühlte sich etwas besser, erlaubte sich, fünf Minuten am Tisch zu sitzen, den Kopf in die Hände gestützt, ihre Gedanken zu ordnen; war das ein Ausrutscher gewesen oder hatte sie jetzt einen Liebhaber? Sie versuchte, sich zu erinnern, was Leo zum Abschied gesagt hatte: »Man sieht sich«, oder »Ich muss dich sehen«, das konnten zwei vollkommen verschiedene Dinge sein.

Plötzlich war sie da, die Angst zu verlieren, wie hatte sie vergessen können, dass Liebe Schmerz war, mehr als alles andere.

Im Schrank des Gästezimmers lagen Unterwäsche, Jeans und Bluse, sie zog sich an und dachte: Nie wieder kann ich neben Hannes liegen, ich kann den Anblick nicht mehr ertragen, wie er mir den Rücken zukehrt.

Sie ging die Treppe hinauf ins Kinderzimmer, fand Heinrich und Elisabeth in tiefem Schlaf, der Kopf des Mädchens an der Brust des Bruders. Maria deckte sie zu, küsste geschlossene Lider.

Sie trat auf den Flur, im Spiegel eine Fremde, das Gesicht blass, die Augen rot gerändert, die Nase groß und spitz. Plötzlich wollte sie fliehen, fort von sich, wären nur die Kinder nicht, sie hastete die Treppe hinab, nach draußen, fand den Oldtimer unverschlossen, warf ihre Tasche auf den Beifahrersitz, gab Gas, dass der Kies stob, die Hühner flatterten auf.

Die Pathologin war eine schöne Frau von fünfzig, das tiefschwarze Haar straff zurückgebunden zu einem Zopf, kein Make-up auf dem glatten Gesicht außer rotem Lippenstift auf schmalen Lippen, die Glieder lang, der Gang eines Raubtieres. Sie streckte Maria die Hand entgegen, sie sei Professor Chiari, es freue sie, Frau Kommissarin, auch wenn der Anlass kein erfreulicher sein dürfte, sie ermittele also in einer Kunstfehlerangelegenheit.

Sie standen vor einer Milchglastür, daneben an der Wand ein unauffälliges Schild mit dem Schriftzug *Pathologie.* Maria ergriff Chiaris Hand und schüttelte sie, ob sie sich einen Moment lang setzen könnten.

Chiari gab der Tür einen Stoß: »Kommen Sie!«, ging mit großen Schritten voran, holte mit den Armen aus, willkommen in Nekropolis, dem Reich der Toten.

Ein Saal, in der Mitte zwei Sektionstische aus blitzendem Stahl, Marias Blick wanderte die Wände entlang, auf Arbeitsflächen Flaschen gefüllt mit gelblichen Flüssigkeiten, Instrumente, an einem Haken mehrere Paar roter Gummihandschuhe, Bildschirme an Gestängen, computertomographische Bilder, scheibchenweise Organe. In einer Ecke standen Eimer und Schrubber.

Chiaris manikürter Zeigefinger wies auf zwei Hocker an einem der Tische, bitte sehr, Maria möge Platz nehmen, und: »Ich hole uns Kaffee«, sie sehe aus, als könne sie einen gebrauchen.

Sie verschwand durch eine Tür, Maria setzte sich, starrte auf die blank geputzte Stahlfläche, wo das Leben endet oder der Tod beginnt, ihr bleiben noch dreißig oder vierzig Jahre, bis sie hier liegt, die Haut fahl und schlaff, alte Menschen sind keine schönen Leichen. Nur tote Kinder gleichen Engeln.

Wollte Chiari den Kaffee wirklich auf dem Sektionstisch servieren? Die Pathologin kehrte zurück, stellte die Becher ab, legte zwei Tütchen mit Zucker daneben, einen Löffel. Der Stahl beschlug, es war kalt, Chiari schob den schwarzen Zopf von der Schulter auf den Rücken, nicht gerade Hotel Sacher, aber ihr Kaffee sei gut, sie filtere ihn jeden Morgen per Hand, die Frau Kommissarin werde sehen.

Maria meinte, die Spur eines österreichischen Dialekts erkannt zu haben, ob sie aus Wien stamme? Chiari setzte die Lippen an ihren Becher und blies, ihr Lippenstift hinterließ einen roten Rand, sie sei mit zwölf in die Schweiz gekommen, habe mit zwanzig geheiratet, ihren Ordinarius in Rechtsmedizin, Titel täten es den Österreichern nun mal an, mit fünfundzwanzig geschieden, der Alte habe seine Prostata-OP gehabt, diese trockenen Orgasmen hätten sie fertiggemacht, außerdem habe sie Kinder gewollt, wieder geheiratet, wieder einen Kollegen, Italiener, der habe zwar nichts mit der Prostata gehabt, sei aber nekrophil gewesen, man stelle sich vor, sie lachte rau. Maria hob die Schultern, Chiari hielt es nicht für nötig zu flüstern: »Er stand auf Leichen.«

Sie schüttelte sich, leerte ein Päckchen Zucker in ihren Kaffee, rührte um, leckte den Löffel ab, reichte ihn Maria:

»Nehmen Sie auch Zucker?«, sie solle entschuldigen, es gebe nur zwei Löffel, der Assistent brauche seinen selbst, er sei koffeinsüchtig, aber hier, bitte schön, Speichel sei so gut wie keimfrei. Also noch mal geschieden.

»Danke, keinen Zucker«, Maria nahm einen Schluck, der Kaffee *war* gut, ob es geklappt habe mit den Kindern, Chiari schüttelte den Kopf.

Maria betrachtete ihr Profil, hohe Stirn, Adlernase, plötzlich das Bedürfnis, sich auszusprechen: »Um Ihrer Frage zuvorzukommen, ich bin verheiratet«, feierlich fügte sie hinzu: »Und habe einen Liebhaber.«

Chiari ungerührt, das sei gut so, Hauptsache keinen Arzt. Maria schüttelte den Kopf, der Liebhaber nicht.

Es summte, Maria zog das Handy aus der Hosentasche ihrer Jeans, blickte auf das Display, *Unbekannter Teilnehmer*.

»Verzeihung«, sie erhob sich, trat einige Schritte beiseite, stand vor einer Computertomographie, ein Herz in Scheiben, nahm das Gespräch an.

Eine verschlafene Stimme: »Ich bin es«, Pause, er wolle ihr sagen, wie schön es gewesen sei, vergangene Nacht, dass sein Schwanz brenne wie Feuer, er lachte leise, wieder Pause, und sein Herz auch.

Maria legte den Kopf in den Nacken, ja, sie brenne auch. Innig: »Leo.«

Stille, er hatte die Verbindung getrennt, Maria blieb einen Moment stehen, legte die Hand an ihre Stirn, sie glühte, drehte sich um, ihr schwindelte, sie setzte vorsichtig einen Fuß vor den anderen, stand wieder vor Chiari: »Verzeihung«, um Beherrschung bemüht: Sie ermittele in zwei Fällen, die aus Chiaris Klinik zu stammen schienen, beide mit Migrationshintergrund, eine kleine Perserin, eine kleine Afrikanerin, deren Akte liege ihr noch nicht vor.

Chiari hob die Brauen, ihr Gesicht verzog sich, auch sie war gebotoxt, ihr linker Mundwinkel hing nach unten, für hundert Millisekunden war sie hässlich, dann war der Augenblick vorbei, ob *sie* verdächtigt werde?

Maria schüttelte den Kopf: »Wer arbeitet mit Ihnen hier unten?«

Eine MTA, halbtags, und ein Kretin namens Luca, Präparator, ob Maria eigentlich wisse, welcher Qualifikation es bedürfe, an Leichen herumzuschnippeln?

Maria schüttelte den Kopf, nichts wusste sie, statt sich vorzubereiten, hat sie gevögelt, Leo, der mit erigiertem Glied vor ihr steht, Leos Gesicht von äußerster Konzentration, bevor er in sie eindringt.

Sie starrte durch Chiari hindurch auf einen Punkt in der Ferne.

Chiari musterte sie, schnippte mit den Fingern, ob sie ihn nun rufen solle oder nicht?

Maria: Verzeihung, wo er denn sei, wenn er nicht schnippele? Chiari zeigte mit dem Daumen hinter sich: »Am Computer«, er trinke den ganzen Tag Kaffee, er denke, sie wisse nicht, was er sich da ansehe im Internet, »hat wahrscheinlich noch nie lebendige Titten zwischen den Fingern gehabt«, Maria solle ruhig hingehen und ihm einen Besuch abstatten.

Chiari schien das Gespräch als beendet zu betrachten. Maria sagte: »Vorerst danke«, sie würde anschließend gern noch ein paar Fragen stellen.

Sie machte einen Bogen um den Sektionstisch, trat an der gegenüberliegenden Wand vor die erste von drei Türen, spähte durch eine Scheibe, rechts sechs stahlerne Kompartments, sie würde Chiari bitten müssen, diese zu öffnen.

Das nächste Zimmer war ein Büro, wie sie es von Leuthold kannte, in den Regalen meterweise Bücher, Zeitschriften, Akten, anders als bei Leuthold herrschte hier Ordnung. Sie trat ein. In der Mitte ein Schreibtisch, hinter dem Computer saß mit krummem Rücken Luca, feister Leib, das Haar schwarz, in fettigen Strähnen nach hinten gekämmt, er hatte Maria nicht bemerkt, die wurstigen Finger auf der Tastatur.

Maria: »Ich bin von der Polizei«, Luca hielt in der Bewegung inne, »ich möchte Ihnen ein paar Fragen stellen.«

Sie trat näher, den Blick auf seine Hände gerichtet, die Größenordnung stimmte, der Haarwuchs. Sie öffnete die Aktentasche, zog Dilaras Portrait hervor, tat einen Schritt nach vorn, streckte es ihm entgegen, ob er das Mädchen kenne?

Luca griff nach dem Bild, Bewegungen wie in Zeitlupe, sogar das Schließen seiner Lider, er betrachtete Vorder- und Rückseite, reichte es zurück, er könne sich Gesichter nicht merken, sein Blick wanderte nach rechts unten.

Was er sich merken könne? Maria studierte die Mundpartie, schmale Lippen, etwas daran kam ihr bekannt vor, Luca sah nach oben: »Andere Körperteile.«

Welche das seien? Maria war ihm jetzt so nahe, dass sie seinen Atem roch, Knoblauch und Schwefelwasserstoff, gewöhnlicher Mundgeruch, unter den verschiedenen Noten keine Abbauprodukte des Alkohols, die Professorin wird ihre Prinzipien haben, was das betrifft.

»Weiß nicht«, die Augen rechts unten, Lüge, das Muster war einfach.

Maria nickte: »Danke für Ihre Hilfe«, sie durfte ihn nicht allzu sehr bedrängen, noch nicht.

Das Handy in ihrer Hosentasche signalisierte eine SMS, wer schrieb ihr um acht Uhr morgens, ihr Herz begann zu hämmern, sie las. *Ich liebe dich auch, L.*

Die Stimme Lucas wie aus einer anderen Welt, ob er jetzt weitermachen könne?

Maria nickte, verließ den Raum, traf vor der Tür auf Chiari, in einen grünen Umhang gehüllt. Die Hände in die Hüften gestemmt, mit schneidendem Ton: »Luca«, im Nu stand er neben ihr.

Maria betrachtete das Paar, so verschieden waren sie gar

nicht, beide groß, beide dunkel: »Einen Wunsch hätte ich noch.«

Chiaris Ungeduld war mit Händen zu greifen, Maria: Sie müsse die anderen Räume sehen, bitte schön.

In Chiaris linkem Mundwinkel hatte sich roter Lippenstift gesammelt, plötzlich sah sie so alt aus, wie sie war. Sie warf Maria einen Blick zu, ging auf die Tür mit der Glasscheibe zu, stieß sie auf, über die Schulter hinweg: Ob sie vorstellen dürfe? Ihre Kundschaft!

Maria folgte ihr, hier war es noch kälter, Chiari trat an das Vorderste der stählernen Fächer, nahm einen Griff, die Tür schwang langsam auf, sie zog. Auf einem Gestell dürre Beinchen, die unbehaarte Scham eines Mädchens, die eingefallene Brust, alles von gelbem Ton, vielleicht war es das Kind, dessen Kampf gestern geendet hatte.

Maria trat näher: »Wann ist sie...?«, Chiari unterbrach, gestern Morgen, multiples Organversagen, Herzstillstand, sie komme jetzt gleich auf den Tisch, das nächste Fach. »Ich habe auch externe Gäste«, gelegentlich schicke ihr das Rechtsmedizinische Institut einen rüber, wenn die dort aus allen Nähten platzten. Sie legte einen Hebel um, rümpfte die Nase: obdachlos. Wenn's recht sei, schiebe sie ihn wieder zurück, Nagelpilz, Filzläuse, obwohl denen kalt geworden sein dürfte da drinnen, ein freudloses Lachen, im Winter lesen sie solche reihenweise von der Straße auf.

Luca war eingetreten, karrte einen fahrbaren Untersatz neben das wächserne Kind, lud es um, schob es in den Seziersaal. Chiari sah ihm nach, dann zu Maria: Ob sie noch mehr sehen wolle?

Maria deutete auf die anderen Fächer: »Kinder?« Chiari schüttelte den Kopf, heute nicht. Maria möge ihr folgen, sie verschloss den Verpilzten, ging einen Raum weiter, öffnete die Tür ohne anzuklopfen, ihr Arbeitsalltag bestehe vorwiegend aus *dem* da. Eine junge Frau mit kurzem blonden Haar saß über ein Mikroskop gebeugt, Chiari schon wieder im Herausgehen: Das sei ihre MTA, Frau Weiss, Pathologie, Schnellschnitte zum Beispiel, Tumordiagnostik in Echtzeit.

Die Angesprochene rührte sich nicht, ihre langen, schmalen Finger drehten im Zeitlupentempo an einem Rad.

Maria verzichtete auf eine Begrüßung, hörte ein Brummen, drehte sich um, sah, dass Luca den Mädchenschädel rasierte, langes braunes Haar, das zu Boden fiel. Sie dachte an Elisabeths Zöpfe, schon zwei Tage hatte sie ihr schönes Töchterlein nicht mehr gesprochen.

Chiari war neben ihren Assistenten getreten, hatte die Hand auf seinen Rücken gelegt, woher plötzlich diese Zärtlichkeit, Maria fragte: »Wer ist hier morgens der Erste?«

Chiari deutete auf Luca, er komme um fünf Uhr dreißig und gehe um drei, sie bleibe, bis ihre Arbeit erledigt sei, das könne um neunzehn Uhr sein oder gegen Mitternacht.

»Kommt mir bekannt vor«, Maria streckte die Hand aus, danke für die Hilfe, und sie melde sich wieder, Luca drehte das Kind auf den Bauch, die kleinen gelben Hände baumelten herab, er begann, die Rückseite des Kopfes zu scheren.

Am Krankenhauseingang stieß Maria auf Detlef, statt eines Guten Morgen: Sie sehe ja furchtbar aus.

Maria: Er habe noch nie anders als furchtbar ausgesehen, und sie brauche jetzt einen Kaffee.

Detlef folgte Maria durch das Portal zurück in die Klinik, ein Schild zeigte nach links, *Caféteria*, als sie den Saal betraten: oranges Gestühl, weiße Tische, Christrosen aus Plastik. Sie machten vor dem Kaffeeautomaten halt, Maria las vor: »Café crème, Cappuccino, Latte macchiato …«, sie nehme Café crème, vielleicht käme das dem, was man früher getrunken hatte, noch am nächsten. Ob Detlef sich auch manchmal nach ganz normalem Kaffee sehne? Detlef entgegnete: »Du wirst alt«, er drückte auf *Wiener Mélange*.

Sie setzten sich, starrten in das sich gleichende Gebräu in ihren Tassen, Maria fühlte, wie ein Schmerz vom Nacken den Hinterkopf hinaufkroch. Sie kreiste mit den Schultern: »Da ist dieser Präparator«, sie nenne ihn ihren Kretin, aber trotzdem habe er es ihr angetan, Detlef beugte sich vor: »Wer, *sie*?«

Maria betastete den Höcker auf ihrem Nasenrücken, dort würde die Migräne als Nächstes ankommen: Frau Professor, die Hexe, sie verberge irgendetwas.

Detlef kippte seinen Kaffee hinab und schüttelte sich, eben habe er die Akte der Kleinen eingesehen, Sunday Boampong, die Eltern aus Ghana, seit einigen Jahren in der Schweiz, miese Adresse, Maria wollte die Augenbrauen heben, was ihr ebenso wenig gelang wie Chiari, das Botox begann zu wirken, das sei ein Muster, Armeleutekinder.

Detlef zeigte mit dem Finger auf die schmucklose Decke: »Ich war noch mal da oben. Die Reichen lassen ihre Kinder sicher nicht hier sterben.« Mit einem Blick auf seine Uhr: Er wolle los, er habe sich bei Familie Boampong angesagt, schwerer Gang, es sei das einzige Kind gewesen, er drückte einen Kuss auf Marias Hand: »Schlaf dich aus, Chef«, was immer sie vergangene Nacht getan habe, es sei ihr nicht bekommen.

Maria sah ihm nach, du irrst dich, Detlef, ich bin quicklebendig, auch wenn meine Knie watteweich sind und mein Kopf hämmert.

Sie fand ihr Auto, stieg ein, stellte die Lehne zurück, schloss die Augen. Fünf Minuten nur. Sie schlief sofort ein.

Sie erwachte vom Vibrieren ihres Handys. Inzwischen war die Sonne gestiegen, schien auf ihren Sitz, sie drückte auf *Annehmen*. Romans Stimme sagte: »Guete Morge«, man habe die Besprechung ohne sie abgehalten. Maria blickte auf die Uhr unter dem Tacho, siebzehn nach zehn, wie hatte sie zwei Stunden schlafen können?

Ihre Stimme kratzig, es tue ihr leid, sie sei aufgehalten

worden, Roman triumphierend: »Schon gut«, sie seien hervorragend ohne sie zurechtgekommen, er betonte das *hervorragend*, er wolle sie nur kurz informieren, dass die Sache mit den Ringen ein Reinfall gewesen sei, zwei Käufer in den vergangenen Monaten, beide hätten bar bezahlt. Maria ließ den Motor an: »Personenbeschreibung?«, Roman eingeschnappt: Wenn sie meine, dass das etwas bringe.

Das meine sie, Maria hängte ein, immerhin, sie hatte das letzte Wort behalten.

Auf der Straße kaum Verkehr, Maria lenkte mit rechts, massierte mit links ihre Schläfe, im Radio sangen die Weathergirls »It's raining men«, Maria drehte die Lautstärke auf, begann mitzusingen, fuhr die Scheibe hinab, hielt den Kopf in den eisigen Fahrtwind, bis ihre Augen tränten.

Er hatte geschrieben: »Ich liebe dich.«

Im Präsidium wusste jeder, dass sie verschlafen hatte. Die Männer hockten in Romans Büro, das Gespräch brach ab, als Maria eintrat: Ob es nichts zu tun gebe? Sie zeigte auf Simon, der solle in ihr Büro kommen, sie habe mit ihm zu reden, die anderen an ihre Plätze, bitte.

Simon folgte Maria über den Flur, pfiff eine falsche Melodie. Sie betraten ihr Büro, Maria setzte sich hinter ihren Schreibtisch, die Hände gefaltet: Ob er bitte aufhören würde mit dem Gepfeife, und er könne ebenfalls Platz nehmen. Sie wies auf einen Hocker.

Simon blieb stehen, die Beine zu breit, als dass es Zufall sein konnte, früher einmal hatte sie ihn zu Urs sagen hören: Was der Chefin fehle, sei ein guter Fick hin und wieder, sie war errötet in ihrem Versteck hinter der Tür, nicht aus Empörung, sondern weil er Recht hatte.

Die Erinnerung brachte sie aus dem Konzept, mit bemühter Sachlichkeit: Simon solle jemanden beschatten, auf Schritt und Tritt und die nächsten vierundzwanzig Stunden. Simon öffnete den Mund, um zu protestieren, Maria kam ihm zuvor, danach könne er zwei Tage frei machen.

Er lehnte sich zurück an die Wand und nickte.

»Wir haben einen Verdächtigen«, Maria verschränkte die Arme vor der Brust, beschrieb den Kretin, Statur, Haare, Hände, er komme um fünfzehn Uhr aus seiner Gruft, aus der Pathologie, Simon werde vor der Tür warten, an ihm dran bleiben bis morgen Nachmittag. Simon sah auf seine Uhr, eine schlechte Rolexkopie, das seien ja fast dreißig Stunden.

Maria erhob sich, wieder das Bedürfnis zuzuschlagen, stattdessen ging sie auf die Tür zu, öffnete sie weit, er könne dann gehen.

Er streifte sie im Hinausgehen, Maria: »Untersteh dich«, sie starrte ihm hinterher, sie würde einen Antrag stellen, ihn auszuwechseln gegen eine Frau.

Simon begab sich auf seinen Posten, meldete sich alle paar Stunden, berichtete widerstrebend, Luca sei an seinem Arbeitsplatz, ab drei Uhr nachmittags auf dem Nachhauseweg, er wohne in einem Loch an einem Platz nahe dem Straßenstrich. Der nächste Anruf: »Dort bleibt er bis acht, kommt wieder hervor, diesmal in Jeans und Lederjacke, zu Fuß in den Rotlichtbezirk, verschwindet hinter einer Tür mit Guckloch.«

Eine halbe Stunde später: Laut den Kollegen von der Sitte handele es sich um einen Swingerclub, ihnen nicht unbekannt, aber auch von bürgerlichen Kreisen frequentiert: »Luca ist circa eine Stunde dort geblieben, hat wohl ein wenig gucki gucki gemacht, jetzt scheint er schlafen zu gehen.«

Maria kniete vor Elisabeths Bett, in der Rechten das Handy, in der Linken die kleine Hand der Tochter, mit Flüsterstimme: »Du bleibst vor seiner Haustür, Simon, die ganze Nacht«, ihretwegen könne er im Auto hocken, aber er solle verdammt noch mal nicht einschlafen, sie selbst sehe sich den Club an, da hatte Simon die Verbindung unterbrochen.

Stille. Nur der Atem ihrer Kinder. Niemand würde ihr zum Vorwurf machen, wenn sie sitzen blieb. Sie löste Elisabeths Finger.

Hannes vor dem Fernseher trank ein Bier, sah nur kurz auf, als Maria kam, sie trat hinter ihn, auf dem Bildschirm ein Liebesakt, sie müsse noch mal weg, es könne spät werden, sie glaube, die Kinder schlafen fest. Hannes wortlos, regungslos, Maria blieb einen Moment stehen, überlegte, ob sie ihn wie früher auf den Hinterkopf küssen sollte, tat es nicht. Sie ging ins Spielzimmer, öffnete den Schrank, auf dem untersten Brett Elisabeths Kostüme, Hexe, Squaw, Südseeprinzessin, Maria griff nach der schwarzen Perücke der Südseeprinzessin, stülpte sie über, schob ihren Zopf darunter. Zurück zu Hannes: Sie müsse dann jetzt. Er drehte sich um, schrak zusammen, sie lachten, seit langem das erste Mal.

Er, neugierig geworden: Wohin sie gehe?

Maria hob den kurzen Rock: Undercover in einen Swingerclub, Hannes stieg die Röte ins Gesicht, Maria, kühn: »Ein eifersüchtiger Mann!« Hannes drehte sich langsam zurück, griff nach seinem Bier, sah wieder auf den Bildschirm, der Moment von Nähe war dahin.

Maria hob die Hand zu einem Winken ins Leere.

Im Flur nahm sie das Handy, tippte Leos Nummer, dachte: Ich kann sie schon auswendig, auf Englisch heißt es *by heart.* Er meldete sich verschlafen.

Maria stand vor dem Spiegel, bleich unter der schwarzen Perücke, fast verließ sie der Mut, dann: »Leo, hör zu.« Sie brauche einen männlichen Begleiter, es gehe um eine Sache im Rotlichtmilieu.

Leo schwieg, Maria wurde verlegen, vielleicht hatte sie sich geirrt, er liebte sie gar nicht, vielleicht war schon alles vorüber.

Sie trat aus dem Haus, der Kies unter ihren Füßen knirschte, warum er nichts sage? Wenn er müde sei, könne sie auch allein hingehen, sie wolle nur keinen der Kollegen mitnehmen, das sei alles. Bei Leo rauschte Wasser, er schien im Bad zu sein: »Bin ich privat dort oder dienstlich?«

Maria öffnete die Autotür: »Privat, Liebling, und danke.« Das erste Mal *Liebling* gesagt, sie nannte ihm die Adresse.

Sie wolle mit ihm in einen Swingerclub gehen? Er lachte leise, Maria liebte ihn, lieber Gott, mach, dass auch er mich liebt, und möge das nackte Fleisch der anderen uns nichts anhaben.

Sie fuhr unkonzentriert, blickte in den Rückspiegel, sah eine Fremde, überlegte, wie sie heißen solle, *Magdalena* vielleicht, *Maria Magdalena, gefallenes Mädchen.* Fünfundzwanzig Minuten, dann erreichte sie den Platz, an dem Luca wohnte, verlassen im trüben Licht einiger Laternen.

In einer Seitenstraße scherte ein Mercedes mit Heckspoiler aus seiner Parklücke. Der Fahrer fixierte Maria durch die Seitenscheibe, sein Schädel rasiert, glänzende Piercings in Augenbrauen und Unterlippe, Marias Mund war zu rot, die Perücke zu schwarz, sie hätte nicht allein kommen dürfen.

Der Rasierte fuhr davon, sie stellte das Auto in die freigewordene Lücke, stöckelte zurück an den kleinen Platz. Vor Lucas Haus lag Simon ausgestreckt auf dem zurückgekippten Fahrersitz in seinem Wagen, durch einen Fensterspalt stieg Qualm.

Maria griff zum Handy, tippte: *Wie blöd muss man sein, während einer Beschattung Rauchzeichen abzugeben?*

Sekunden später fuhr die Seitenscheibe herab, ein Zigarettenstummel flog auf die Straße. In Lucas Wohnung war es dunkel.

Maria erreichte den Club, auch hier auf der Straße wenig Leben, die Huren froren. Sie blieb stehen, blickte sich um, von Süden kam Leo mit langen Schritten. Schwarze Jeans, Lederjacke mit Lammfellkragen, er war bei ihr: »Maria!«, lächelte, zeigte auf die Perücke, sie deutete einen Knicks an, sie sei Magdalena, wenn er wolle, dürfe er sie küssen.

Er nahm ihr Gesicht zwischen seine Hände, er wolle, immer wieder: er wolle. Es war so kalt, dass der Speichel von seiner Zungenspitze auf ihren Lippen gefror.

Sie lösten sich, Maria rückte die Perücke zurecht: »Wie sehe ich aus?« Leo warf ihr eine Kusshand zu, sie wies auf den Eingang und klingelte.

Die Klappe öffnete sich, eine junge Frau sah heraus, überraschend jung und hübsch, Studentin vielleicht, sie lächelte.

Sie traten ein, stellten sich vor, das Mädchen hieß Mimi und hatte einen Puppenmund. Leo: »Mimi wie in *La Bohème*«, sein kleines Schelmenlachen.

Neben dem Eingang hingen Garderobenhaken, Mimi nahm ihre Jacken, stolzierte voran, das Becken so rund wie ihr Gesicht. Sie kamen an eine Bar, dahinter hantierte ein Mann, klein und stämmig, die Arme über und über tätowiert. Zehn Hocker, wenige besetzt, sie nahmen Platz neben einem Paar, die Frau Ende dreißig und schmallippig, der Mann jünger, gut aussehend mit Bart und in Bluejeans.

Leo musterte die Frau, sein Blick blieb an ihren Schenkeln hängen, halb bedeckt von weißen Strümpfen, darüber ein Streifen rosa Haut, Strapse, die unter einem kurzen blauen Rock verschwanden.

Das Licht war schummrig, aus den Lautsprechern drang Kuschelrock. Maria hat die gleiche CD, damals ein Versuch, ihre Ehe wiederzubeleben.

Das Mädchen schob ihnen die Getränkekarte zu, beugte sich vor, den strammen Körper in türkise Lycra gepresst, die kleine Brust halb entblößt.

Leo bestellte, Maria schüttelte den Kopf, sie wolle sich auf keinen Fall betrinken.

Leo: »Spielverderberin«, Maria nahm ein Glas und schüttete es hinunter.

Sie sah sich um. An der Wand ein übergroßer Bildschirm, Lippen an rasierten Geschlechtsteilen, Kopulation in slow motion, kein Sound. Leo begann ein Gespräch mit der Enddreißigerin, die rechte Hand unter Marias Bluse, er strich an ihrer Wirbelsäule auf und ab, die Linke auf dem Tresen, und plötzlich, wie zufällig, auf dem fremden Knie. Unruhe überkam Maria, konnte man zugleich eifersüchtig und erregt sein, Leos Lippen, die sich ihrem Ohr näherten: Ob ihr das gefalle? Er tastete sich abwärts unter den Bund ihres Rockes, Magdalena, meine Schöne, das alles ist nur ein Spiel. Maria nickte, machte einen Schritt vorwärts, ihr Schenkel berührte den des fremden Mannes, sie griff nach dem Glas, nickte dem Mädchen zu, noch eins, bitte, den Müller-Thurgau, Mimi kokett: »Hier am See sagen wir Riesling-Silvaner.«

Der Mann in den Bluejeans leckte sich die Lippen: »Zum ersten Mal hier?«

Leo schüttelte den Kopf, Maria fuhr herum: Er sei schon da gewesen? Keine Antwort, Maria: »Ich zum ersten Mal«, der Fremde nahm ihren Arm, seine Hand war heiß, sie solle mit ihm kommen, ihr Begleiter möge entschuldigen, dass er sie entführe.

Maria rutschte von ihrem Hocker, strich den Rock über den Po, bemerkte, dass sie schwankte, der Fremde: »Hoppla, langsam, meine Süße.«

Sie durchquerten einen Flur, er endete an einem Torbogen, der Mann machte eine Verbeugung, holte mit den Armen aus: Bitte schön, sie betrete jetzt das violette Zimmer. Lila Polster, Kissen, an den Wänden purpurfarbene Tapeten, darauf großformatige Schwarzweißfotografien von glänzenden Genitalien. In der hintersten Ecke stand ein Tischchen mit Kondomen und Feuchttüchern.

Maria blieb stehen, bemüht, sich zu erinnern, warum sie hier war, schwer vorstellbar, der Kretin auf violetten Kissen. Sie lächelte.

Der Fremde umfasste ihre Taille: Er sehe, dass der Club ihr gefalle, seine Hand wanderte aufwärts, sie solle erst den nächsten Salon sehen, die Hand erreichte Marias Brust.

Ihre Brustwarze wurde hart, er kniff sie, Maria stieß die Luft aus, der Fremde: »Du magst es, wenn es weh tut«, er schob sie aus dem Zimmer, durch den Torbogen in den Nebenraum, Spiegel an allen Seiten und an der Decke, hundert Marias mit gut gebautem, unbekanntem Mann.

Er stand hinter ihr, schloss beide Hände um ihren Po, hierhin würde er sie später gern entführen, sie antwortete ihm ins Gesicht: »Wer weiß?«

Zurück an der Bar: Leo hatte den Arm um die Frau mit den Strapsen gelegt, er lächelte auf eine Weise, die Maria fremd erschien und schamlos: »Magdalena, komm, setz dich, Püppchen«, und: Helen wolle eine Runde ausgeben, Helen hieß die andere also, und hatte er eben wirklich *Püppchen* gesagt?

Leo reichte Maria ihr Glas, sie mochte Riesling-Silvaner, sie mochte Leos obszönes Grinsen, Helen und den Dunkelhaarigen, es machte ihr nichts aus, *Püppchen* zu heißen, dann trank sie schnell, warum sollte sie sich nicht ein wenig amüsieren: »Und wer sind Sie?«

Der Dunkle legte den Kopf in den Nacken, schloss die Augen: »Ich bin Ihr Jesus«, Maria prustete, ihr Speichel auf Leos Krawatte.

Leo ungerührt: Oha, sein Liebling sei recht ungezogen heute Abend, er nahm ihre Hand und führte sie an den Schritt des Fremden.

Maria schloss ihren Griff und wusste, dass sie bereuen würde, doch jetzt war heute und das Glied in ihrer Hand schwer. Es überkam sie ein eigenartiges Gefühl von Macht, sie begann zu streicheln, sah Leo an, der sich vorbeugte, mit seiner Bettstimme: Sie solle Jesus' Schwanz aus der Hose holen, wieder fasste er ihre Hand, drückte sie fest auf das fremde Geschlecht: »Besorg es ihm, Magdalena.« Sie begann, die Knöpfe an Jesus' Jeans zu öffnen, schob ihre Finger in den Schlitz, war das wirklich sie, die einen fremden Schwanz wichste? Jesus gab einen Laut von sich, Helen schob Marias Hand beiseite, packte Jesus' Geschlecht wie einen Stecken, zog es in die Höhe und Jesus mit sich in Richtung der hinteren Zimmer.

Kurz sah er zurück, sein Blick suchte Marias, sein Mund formte sich zu einem stummen »Komm!«, dann war er mit Helen unter dem Torbogen verschwunden.

Leo hielt sein Glas, blickte über den Rand: Ob Maria ihnen zusehen wolle? Maria nickte, ja, Leo, ja, sie wolle.

Vor dem Spiegelzimmer: Helen mit hinaufgeschobenem Rock in der Mitte auf dem Boden, die Strapse gelöst, die Strümpfe auf ihre Knöchel gerutscht. Der Mann hockte hinter ihr, rieb seinen Daumen an ihrem Geschlecht.

Leo leise: Ob Maria bereit sei? Von Maria ein kleines, heiseres Ja, Leo: Ob sie ihm jetzt ihre nasse Möse zeigen wolle? Maria: Ja, ja, ja, und, bitte, er solle nicht aufhören zu sprechen.

Sie gingen ins violette Zimmer, eine junge Frau saß an die Wand gelehnt, die Beine gespreizt, rasiert bis auf ein kleines blondes Dreieck.

Leo hinter Maria, er presste sie an sich, eine Hand an ihrer Brust, die andere auf ihrer Scham: Ob sie seine Hure sein wolle?

Aus Marias Mund ein klagender Laut, er drückte sie in die

Knie, schob mit einem Ruck ihr seidenes Höschen herunter, fasste mit seinen Händen ihre Hinterbacken und zog sie auseinander. Als sie sich umwandte, um in sein Gesicht zu sehen, hatte er die Augen auf das Geschlecht der anderen gerichtet.

Sie blieb auf dem Bauch liegen, hob den Kopf, die Blondine war verschwunden. Maria blickte sich um, auch von Leo keine Spur.

Im Eingang ein kleiner südländischer Mann, unrasiert, Hemd und Hose aufgeknöpft, er rieb sein Glied zwischen Daumen und Zeigefinger.

Marias Slip war nirgends zu sehen, sie erhob sich unsicher, zog den Rock zurecht, murmelte eine Entschuldigung, keuchend folgte der Kleine ihren Bewegungen, jetzt sah sie, dass er den Slip in der linken Faust hielt. Er ejakulierte, als sie sich an ihm vorbeischob.

Maria empfand Scham, mit gesenktem Blick zum Bad; dort stand die Blondine vor dem Spiegel, von nahem älter, ihre Haut großporig unter einer dicken Schicht Schminke: Ob es Maria gefallen habe? Schweizerdeutsch mit tschechischem Akzent, sie sei Mirja. Maria griff die ausgestreckte Hand, fühlte, wie der Daumen der anderen zu streicheln begann, sie riss sich los, verließ den Raum, flüchtete durch den Torbogen, in die Bar, stieß mit Leo zusammen, rannte weiter zum Ausgang, hinaus auf das Trottoir.

Die Kälte traf sie wie ein Schlag, jetzt erst merkte sie, dass sie die Perücke verloren hatte, sie war Maria, sie wollte fliehen, zu ihren Kindern, selbst zu Hannes, doch hatte sie die Orientierung verloren, sie begann zu weinen.

Die Tür öffnete sich, Leo erschien, ihre Kleidung über dem Arm, sie stand da, mit hängenden Armen, ließ sich umhüllen von seinem Mantel und seinen Worten: »Schon gut, Liebes.«

Sie trat zurück, sah Leo aus rot unterlaufenen Augen an: »Wer bist du?«

Sie machte kehrt und lief davon.

Allein im Gästezimmer, zum wievielten Mal schon. Das ist ihre Strafe. Keiner, in dessen Schuld sie nicht steht. Hannes, der Kinder großzieht, die er nicht hat haben wollen. Leo, von dessen Glied sie träumt, um ihn nach dem Fick stehen zu lassen. Detlef, der herhalten muss, wenn die anderen genug von ihr haben.

So wie jetzt. Sie griff zum Telefon, kurz vor vier Uhr morgens, aber das spielte auch keine Rolle mehr, sie tippte seine Nummer.

Er war sofort am Apparat: »Maria?« Was passiert sei?

»Ich habe ...«, sollte sie sagen, dass sie öffentlichen Geschlechtsverkehr hatte? »Ich bin ...«, stattdessen stockend: Der Abend habe nicht viel ergeben, sie sei nicht richtig bei der Sache gewesen, es könne aber sein, dass der Club eine Rolle spiele, dass der Kretin von da aus agiere, jedenfalls passe es nicht, dass er zum Vergnügen hingehe.

Deshalb rufe sie um vier Uhr morgens an? Detlef gähnte, Maria meinte, eine weibliche Stimme zu hören, dabei hatte sie fest angenommen, er schlafe allein. Mit festerer Stimme: Er solle bloß nicht frech werden, sie habe ihm sagen wollen, er müsse hingehen, morgen Abend schon, sich als Interessent für Kindersex ausgeben, und guäts Nachtli *miteinand'*, sie betont das *miteinand'*, legte auf.

Nicht weniger einsam als zuvor. Sie rollte sich auf die Seite, spürte, wie eine warme Flüssigkeit den Schenkel hinablief, fuhr mit dem Zeigefinger darüber, führte ihn an die Lippen. Leo, Leo.

Er rief nicht an am nächsten Morgen, erschien nicht im Büro, Maria fühlte sich elend, hasste sich und alle anderen und die ganze Welt, schnauzte die Männer an. Die zogen sich zurück in ihre Büros, warfen sich Blicke zu, kannten Marias Zustände, aber so schlimm wie diesmal war es noch nie gewesen.

Sie saß in ihrem Stuhl, blickte auf ihre Hände, mager und blau geädert lagen sie vor ihr auf der Schreibtischplatte. Vielleicht würde sie nie mehr vögeln, vielleicht war es ihr letzter Geschlechtsverkehr gewesen, gestern Abend.

Sie blieb sitzen, Leere in ihrem Kopf, erst mittags erhob sie sich, ging allein in die Pizzeria.

Womöglich würde sie ihm dort begegnen, sie war nicht einmal sicher, ob sie sich das wünschte.

Das Lokal fast leer, in der hintersten Ecke kauerte eine gebeugte Gestalt, Roman, allein vor einem Rest Cannelloni und einem halben Glas Rotwein.

Maria setzte sich neben ihn, ohne zu fragen.

Er pflegte mit vollem Mund zu sprechen: Ob sie von der kleinen Negerin gehört habe?

Maria schüttelte den Kopf, ihre Richtigstellung kam kraftlos: Es heiße *Farbige*, und: Sie habe noch nicht mit Detlef gesprochen. Er habe eine Neue, mehr wisse sie nicht, ihre Augen schwammen. Roman starrte, warum flennte die Chefin, und warum sollte es ihn interessieren, wen Detlef vögelte? Er kratzte die letzten Cannelloni zusammen: »Diese Sunday irgendwas«, er habe den Nachnamen vergessen, die sei jedenfalls auch in ihrem Spital obduziert worden, von da aus habe sie der Bestatter abgeholt, ein anderer übrigens als bei ..., er stockte, sein Namensgedächtnis war miserabel, »Dilara«, ergänzte Maria.

Sie griff nach Romans Glas, leerte es in einem Zug, winkte dem Kellner, noch eins für den Herrn und sie, Roman zog sich in seinen Stuhl zurück, als sei ich ansteckend, dachte Maria.

Sie schloss die Augen, gleich würde der Alkohol ihre Neuronen erreichen, ihr Kopf sich klären, und als das geschah:

»Also ist die Pathologie der gemeinsame Nenner?« Ob die Männer alles andere abgeklopft hätten?

Der Kellner brachte den Wein, Roman umfasste sein Glas mit beiden Händen und stellte es nicht mehr ab: Das Reinigungspersonal der Station werde noch befragt, scheine aber sauber.

Er nippte, noch immer beidhändig, als hielte er einen Schatz in Händen. Maria hatte nie verstanden, wie jemand seinen Wein anders als in einem Zug leeren konnte: Was mit der Personenbeschreibung durch den Goldschmied sei? Roman war inzwischen so weit vom Tisch abgerückt, dass er rufen musste: »Der Juwelier hat noch gewusst, dass die erste Käuferin eine Frau gewesen ist, Touristin aus Deutschland, der zweite ein Mann, möglicherweise ein dunkler Typ, aber er will seine Hand dafür nicht ins Feuer legen«, das habe er, Roman, doch gleich gesagt.

Maria stieß an den Tisch, eine Gabel fiel zu Boden: Sie gehe zurück ins Büro, danke vielmals für den Wein. Sie machte kehrt in dem Wissen, dass Roman ihr nachsah, wie sie durch die Tür rauschte, und dass er, zugleich mit dem Eintreffen eines Schwalls kalter Luft, Erleichterung empfand, sie los zu sein.

Detlef hockte auf Marias Sessel, in Socken und im Schneidersitz, in Gedanken versunken.

Marias Nase leuchtete rot, die Kälte, der Wein, sie stemmte die Arme in die Seiten: Was er auf ihrem Stuhl suche, es rieche nach Füßen und raus mit der Sprache, hast du eine Freundin? Detlef erhob sich, ohne Schuhe nicht ganz auf Augenhöhe mit Maria: Sie erstaune ihn, erstens, nein, er habe keine Freundin, zweitens, ja, er schlafe mit anderen Frauen, und er wisse nicht, was sie das angehe.

Maria: Er solle sie mit seinen Bettgeschichten gefälligst in Ruhe lassen!

Detlef machte zwei Schritte rückwärts: »*Du* hast doch angerufen, mitten in der Nacht«, er legte die Hände auf den Bauch, tat einige tiefe Atemzüge. Maria: Was *das* nun schon wieder zu bedeuten habe?

Detlef: Eine Atemtechnik seiner Psychologin, wenn der Wunsch aufkomme davonzulaufen. Er ließ die Hände sinken und in den Hosentaschen verschwinden: »Ich bin dir nicht gewachsen, Maria.« Er wandte sich um.

Maria rief hinter ihm her: »Deine Schuhe!«

Sie sah ihn durch die Tür verschwinden, mit gekrümmtem Rücken und nun in Turnschuhen, sie rieb sich die Schläfen. Massierte das Nasenbein, bitte, lieber Gott, keine Migräne, und irgendwie muss es doch möglich sein, die Männer aus ihren Gedanken zu verdrängen, diese Niete hier und sogar Leo. Sie wiederholte seinen Namen: Leo, und: Kannst du mich hören? Gib mich frei, für ein paar Stunden nur.

Sie setzte sich wieder, zog einen Block heran, begann zu zeichnen, zuerst langsam, Strich für Strich, die linke Hand noch an der Stirn, immer schneller, entfesselt. Ein Grundriss. Sie hörte Detlef nicht, als er zurückkam: »Vorsicht, heiß«, sie solle noch warten.

Er stellte den Becher neben ihr Blatt, zog seinen Stuhl heran, setzte sich Maria gegenüber, ihre Wangen glühten, ob das eine Fangschaltung werde?

Maria wie von Ferne: Wie er sie so erschrecken könne, sie tippte auf verschiedene Ecken des Blattes, Videoüberwachung in der Pathologie, hier, hier und hier, sie warte auf das nächste tote Kind. Bis dahin lasse sie Chiari und ihren Kretin in Ruhe, damit die nicht misstrauisch würden, allenfalls ein paar unauffällige Nachforschungen im Leben der Frau Professor, irgendetwas sei da faul.

Detlef beugte sich über den Tisch, tastete nach Marias Becher, sie könne nun trinken, von Maria ein zerstreutes: »Wie bitte?« und: Er solle aufhören, sie zu bemuttern, an die Arbeit, er müsse bei Chiaris Ehemännern anfangen, besonders dem zweiten, der stinke. Sie zog eine Schublade auf, kramte in einem Zettelhaufen, schob Detlef eine Notiz hinüber, dort stehe das Wenige, was ihr Chiari verraten habe.

Detlef beugte sich über ihre Schrift: »Das Gekritzel kann kein Mensch entziffern!« Egal, er werde jetzt graben, bis die Wahrheit ans Licht komme, sich in Archive hacken, Krankenhäuser, Standesämter.

Damit stand er auf, ging an seinen Tisch, zog den Stuhl mit der freien Hand hinter sich her, ab sofort solle man ihn in Ruhe lassen. Im Teppich eine Schleifspur, seit Jahren tritt er denselben Rückweg an, von Marias Terrain in seines.

Am Nachmittag organisierte Maria die Fangschaltung, telefonierte mit Staatsanwalt Gysin, der überredet werden wollte: Die Verdachtsmomente gegen Chiari seien doch reichlich dünn. Maria zeterte, Gysin hat eine Schwäche für zänkische Frauen, er knickte ein, also gut, zweiundsiebzig Stunden Videoüberwachung, keine Minute länger, und wehe, Maria lässt sich erwischen.

Sie küsste ihn durch das Telefon, Gysin: Das genüge nicht, er habe mindestens eine Einladung zum Abendessen bei ihr gut. Maria: Sie pflege Berufliches und Privates strikt zu trennen, er: »Sicher?«, das klang ironisch, wahrscheinlich hatte sich ihre Affäre mit Lorenzo schon herumgesprochen.

Als Nächstes redete sie mit den Kollegen von der Technik, man müsse sich sofort Zugang verschaffen zur Pathologie, Kameras installieren, die dem wachen Blick einer Chiari entgehen würden, ein weiteres Problem: Wie würde sie in Erfahrung bringen, wann ein Kleinkind stirbt?

Sie beschloss, dem dicken Noll zu vertrauen, rief ihn an: Herr Doktor, sie brauche dringend Hilfe.

Noll kaute: Womit er der Frau Oberst dienen könne?

Maria: Ob er seine Mahlzeit für einen Moment unterbrechen könne, er sei schlecht zu verstehen, und er sei aufgefordert, ihr Bescheid zu geben, sobald ein Kind auf Station versterbe, am besten noch vorher.

Noll entgeistert: »Bin ich der liebe Gott?«

Er schien abzubeißen, dann: Er wollte sie sowieso etwas fragen, und er habe einen Gefallen gut bei ihr, es gehe nicht um einen Kunstfehler, stimmt's?

Maria erhob sich, sie dachte klarer im Stehen, trat ans Fenster und blickte durch das Schneegestöber: »Ich darf nicht allzu viel verraten«, nur so viel, sie habe in den vergangenen Jahren zunehmend mit Kinderpornografie im Internet zu tun, und er solle ihr glauben, diese Leute machten vor nichts Halt.

Die Kaugeräusche verstummten, ein ungerührtes: »Aha«, dann setzte das Mahlen wieder ein. Unten auf der Straße kämpfte sich ein Mann durch den Schnee, Heinrich und Elisabeth werden Schlitten fahren, mit roten Nasen zurückkehren. Maria konnte Nolls Kauen nicht mehr ertragen.

Sie legte auf, drehte sich um zu Detlef, der noch immer vor dem Computer saß: »Bin ich eine schlechte Mutter?«

Detlef blickte auf: Eine schlechte Mutter, eine hundsmiserable Ehefrau, vielleicht tauge sie nur als Geliebte, er zuckte die Schultern, sah wieder auf seinen Bildschirm.

Maria schloss die Augen, ging langsam aus dem Büro, vergaß ihren Mantel, tastete auf der Treppe nach dem Handy, zog es aus der Tasche ihrer Jeans, *Keine Nachrichten*, dann taugte sie wohl auch nicht als Geliebte.

Sie trat ins Freie, die Autos trugen Panzer aus Eis, sie spürte keine Kälte. Sie ließ den Mercedes an, stieg noch einmal aus, kratzte eine freie Fläche in die Windschutzscheibe, nicht mehr als ein Guckloch, fuhr blindlings vom Parkplatz, sie wollte nur noch nach Hause.

Der Schnee auf dem Kies dämpfte das Knirschen der Reifen, niemand hörte sie kommen.

Achtzehn Uhr. Die Kinder saßen in der Küche, das Kindermädchen zwischen ihnen, es wurde getuscht.

Maria blieb hinter der Tür stehen, betrachtete Heinrich, der bald neun würde, die Brust schon ein wenig breiter, das Haar dunkler, Elisabeth, mit langen Gliedmaßen, von seltener Anmut.

Gerade legte Elisabeth die Arme um das Kindermädchen und küsste es. Flüsterte ihm etwas ins Ohr, sie lachten.

In Maria zog sich alles zusammen, sie kehrte um, zurück zu ihrem Auto, stieg ein, das Haar weiß von Schnee, sie legte den Kopf auf das Lenkrad, weinte, sie war ihren Kindern eine Fremde geworden.

Sie hob den Kopf, es schneite jetzt stark. Die Scheibenwischer ächzten unter der Last, sie rollte vom Hof, die Nase nahe an der Scheibe, hundert Meter vor ihr ein Räumfahrzeug. Sie gab Gas, der schwere Mercedes schlingerte, fing sich, sie holte den Schneepflug ein, blieb bis zur Stadt dicht hinter ihm. Rechts und links gestrandete Autos, die Fahrer daneben, Handys in den erfrorenen Händen.

Kurz hinter dem Ortsschild zuckte ihr Telefon. Detlef mit erregter Stimme: »Lass uns Frieden schließen«, ob sie in die *Krone* kommen könne, er müsse ihr etwas sagen.

Die Boutique kam in Sicht, Maria schloss die Augen, ein Kleid pro Woche genügte, zu Detlef: Ein Glas Champagner könne sie gebrauchen, nur, dass sie nicht wisse, ob sie jemals ankomme, bei dem Wetter, und den Lippenstift habe sie auch nicht dabei. Ob er ihre Tasche mitbringen könne? Die liege unter dem Schreibtisch, und er solle ja nicht hineinsehen. Detlef: »Bin schon unterwegs.«

Er saß kerzengerade am zweitbesten Tisch, die Augen fest auf den Eingang gerichtet. Sie gab ihm die Hand, auf seinem Gesicht ein zufriedenes Lächeln, diesmal habe *er* den Sieg davongetragen, das müsse sie zugeben.

Maria nickte abwesend, na schön, aber er solle sie nicht ansehen, sondern ihr die Tasche geben, wird's bald, sie sehe furchtbar aus. Sie machte kehrt und verschwand in der Toilette. Die Tönung des Spiegels über dem Waschbecken täuschte nicht darüber hinweg, dass ihr Gesicht bleich und eingefallen war, Puder, Mascara, Lipgloss, es half nichts. Kein Wunder, dass Leo genug von ihr hatte. Zweimal gefickt und ausgemustert. Aber sie! Sie hatte doch gerade erst begonnen zu lieben! Hörte sie denn gar nicht mehr auf zu heulen, sie schnäuzte sich die Nase, ging langsam zurück an den Tisch.

Auf ihrem Platz stand ein Glas Champagner, rosé, Detlef wusste, was sie brauchte, wenn nichts mehr ging. Sie ließ sich ihm gegenüber auf die gepolsterte Bank fallen, griff nach dem Kelch und leerte ihn in einem Zug: Noch einen, und, damit das klar sei, Detlef werde bezahlen.

Nach dem zweiten Glas röteten sich Marias Wangen, sie strich eine Strähne aus dem Gesicht, jetzt solle er erzählen, Schuft, er. Detlef, scheinbar erleichtert: Gut, dass sie wieder fluche, er lehnte sich zurück: ihre Frau Professor. Die sei tatsächlich zweimal verheiratet gewesen, letzte Eheschließung vor dreiundzwanzig Jahren in Bern, zwei Jahre später die Geburt eines Kindes, noch mal zwei Jahre später ein Ermittlungsverfahren gegen den Ehemann wegen Störung der Totenruhe.

Ein dickleibiger Kellner trat an den Tisch, weiße Livree, goldene Knöpfe, Maria tippte auf die Karte, Austern, Fines de Claire, sie hob zwei Finger, beugte sich vor: »Wie ist das Verfahren ausgegangen?« Detlefs Blick unruhig auf ihrem Dekolleté: »Sein Anwalt hat die einzige Zeugin, die bereit war auszusagen, demontiert. Eine MTA.« Damit seien die Beweise zu dünn gewesen. Er streckte die Hand aus und berührte Marias Schlüsselbein, sie müsse mehr essen, und was den perversen Ehemann betreffe: Es habe einen Freispruch zweiter Klasse gegeben. Maria verscheuchte Detlefs Hand: »Das Kind?«

Detlef zog einen Zettel hervor, violett, höchste Priorität, so viel wusste Maria, Detlef: Ein Sohn namens Luca. Er habe den Mädchennamen der Mutter angenommen, Müller.

Maria sank gegen die Rückenlehne. Wie hatte sie das übersehen können. Was war aus ihrer Intuition geworden. »Der Kretin ist ihr Kind.«

Der Kellner kam und stellte einen Berg von Austern ab, arrangierte Käseschnitten, eine Vinaigrette, Fingerschälchen. Maria schüttelte den Kopf, Detlef solle essen, sie könne jetzt nicht.

Detlef nahm eine Auster, pfefferte sie, Maria: »Man hat noch nie mit dir essen gehen können«, sie zog die Pfeffermühle an sich, »so viel Pfeffer tut den Austern weh.« Detlef machte ein verlegenes Gesicht, leckte an der Auster, saugte, hustete, und was das Ganze für ihre Ermittlung bedeute? Er griff nach der nächsten Auster, begoss sie mit Vinaigrette, Maria: Er solle die Austern gefälligst *nature* lassen, sie sprach das Wort französisch aus und merkte, dass sie wie Hannes klang, weiter: Was Chiari betreffe, bedeute es, dass sie eine Lügnerin sei. Und das ist allerhand.

Detlef wusch seine Fingerspitzen, erhob sich: Sie erlaube? Er umrundete den Tisch, setzte sich rechts neben Maria, so habe sie ihn besser unter Kontrolle, es war selten, dass er witzig wurde.

Der Kellner sprang herbei, gruppierte das Gedeck um, Detlefs Schulter berührte Marias, er schob ihr sein Glas zu: »Nimm du, ich mag es, wenn du trinkst.« Maria leerte das Glas, beugte sich zu ihrer Tasche, öffnete sie: »Ich weiß«, und:

»*Ich* mag es auch«, nur leider bekomme sie davon Kopfschmerzen, übrigens auch von den Männern, mit denen sie sich herumschlagen müsse. Sie öffnete eine Schachtel, nahm eine Tablette zwischen die Lippen, spülte sie mit dem Rest des Champagners hinunter. Detlef ernst: »Weißt du, dass die Kollegen dich für verrückt halten?« Maria nickte, vielleicht haben sie Recht.

Er gehe heute Abend in den Club, Detlef deutete auf seine Beine, schwarze Lederhosen. Maria legte die Hand auf seine Schenkel: Sie stehe ihm, die Kluft. Detlefs Stimme plötzlich gebrochen: Ob sie das wirklich finde, dann, ganz leise: Ob sie mitkomme?

Marias Gedanken beim gestrigen Abend, ein schroffes Nein, sie könne da nicht hin, Detlef müsse allein gehen und sich als Pädophiler ausgeben, er solle nach Bildern fragen und sie hinterher anrufen.

Detlef hatte seine Hand auf ihre Schulter gelegt: Wo *sie* heute Abend sei?

Maria schloss die Augen: »Zuhause.«

»Schlaft ihr noch in einem Bett?«

Marias Kopf an seiner Schulter: Sie glaube, sie sei gerade ausgezogen. Sie schwiegen. Maria: Das heiße aber nicht, dass er sich aufführen könne wie ein liebestoller Hund. Sie schüttelte sich, Detlefs Hand fiel hinab.

Sie blieb sitzen, als er gegangen war. Bestellte einen Drink nach dem anderen, sah zu, wie der Speisesaal sich füllte, dachte: Das ist die bessere Gesellschaft, Hannes' Kaliber, sie tragen Frack und Hermelin, als sei die Zeit stehen geblieben. Sie sah an sich hinab, Jeans, ein tief ausgeschnittenes rotes Shirt, kein Schmuck, nicht einmal mehr den Ehering am Finger. Sie dachte: Ich passe nirgendwo hin.

Sie trank, die Welt wurde rosig, so ließ sich auf Detlefs Anruf warten, Simon sollte sich auch noch melden.

Am Nachbartisch zwei Herren, aller Wahrscheinlichkeit nach Vater und Sohn, der Alte graumeliert, mit dem Blick eines Melancholikers, der Sohn um die zwanzig. Er ist *zu* schön, dachte Maria, so viel Ebenmaß erzeugt Überdruss, sie tat, als studiere sie die Dessertkarte, blickte über den Rand hin und her zwischen Vater und Sohn. Der Graumelierte sah auf, für einen Moment hielt er Marias Blick stand, dann wandte er die Augen ab und setzte sein Gespräch fort. Alle paar Minuten ein verstohlener Blick, Vater und Sohn erhoben sich, beide nickten, sie sah ihnen andächtig nach.

Kurz darauf eine SMS, Simons knapper Bericht: Der Kretin sei nach dem Nachmittagsschläfchen in den Club gegangen.

In Marias Kopf dichter Nebel, sie meinte sich zu erinnern, dass Detlef Luca hatte auflauern wollen, aber warum? Wieder vibrierte das Handy, Anruf Detlef, er schien auf der Straße zu stehen: Sie hätten Glück! Der Wind pfiff, Detlef war kaum zu verstehen: Luca hocke an der Bar und lasse sich von ihm einladen, er müsse jetzt wieder, sie würde später noch einmal von ihm hören!

Er hängte ein, vor Maria stand der Kellner: Madame müsse entschuldigen, der Gebrauch von Mobiltelefonen sei in der *Krone* untersagt. Maria zog den Amtsausweis, sie telefoniere dienstlich. Der Kellner mit betroffener Miene: Das sei natürlich etwas anderes.

Maria: Ob sie zahlen dürfe? Der Kellner dienerte, bien sûr, Madame, er bringe sofort die Rechnung. Als Maria sie in Händen hielt: Ob sie wirklich so viel getrunken habe? Ein diskretes Nicken des Kellners. Maria sagte: »Also gut«, sie zahle bar, Quittungen kann man verschwinden lassen, ihr Absturz ging niemanden etwas an, weder Hannes noch den Steuerberater, sie erhob sich, der Kellner sprang herbei und fasste ihren Ellenbogen, geleitete sie nach draußen. Maria: Es sei definitiv Zeit für ein paar Tage Enthaltsamkeit, mitfühlendes Nicken des Kellners, Maria: Sie werde mit den Kindern nach Portofino fahren, ausschlafen, im Pool schwimmen, keinen Wein oder nur wenig, der Kellner: »Quel dommage!«, sie fuhr fort: Abends gut essen, da hatte der Kellner die Tür hinter ihr geschlossen.

Mit Mühe und Not fand sie das Auto, auf der Heimfahrt kam ihr die Idee, Nägel mit Köpfen zu machen, vielleicht war Hannes noch wach, der Gedanke an Italien gefiel ihr immer besser.

Hannes saß in der Küche, vor sich eine fast leere Flasche Baron Rothschild, 1996, die Lider schwer, das Haar, sonst nach hinten gekämmt, durcheinander.

Er blieb sitzen, als Maria eintrat, sie lehnte sich an den Tisch, sagte im Plauderton: Herrje, das sei ein langer Tag gewesen, aber sie seien ein gutes Stück vorangekommen, wie es den Kindern gehe?

Hannes schenkte sich nach, seine Zunge schwer: »Wie soll es ihnen schon gehen? Kinder sind Anpassungskünstler. Sie schaffen es auch ohne Mutter.« Er hob den Kopf, musterte Maria: »Für diesmal sind wir beide gleich betrunken.«

Einige Sekunden verstrichen, Maria aufgekratzt: »Morgen muss ich den halben Tag telefonieren, übermorgen ist Freitag, da läuft nicht mehr viel, lass mich bitte am Wochenende mit den Kindern nach Italien fahren.«

Hannes ungerührt: Wenn sie meine. Er nahm den letzten Schluck: »Wo schläfst du heute Nacht?«

Maria: »Im Gästezimmer.«

Hannes nickte.

Sie saßen schweigend, plötzlich der Wunsch, seine Hand zu nehmen, wäre er nicht in dem Moment aufgestanden. Er gehe dann, sie solle ausschlafen, das Kindermädchen habe versprochen, morgen früh zu kommen. Bevor er die Küche verließ: Beim nächsten Mal, wenn sie getrunken habe, solle sie doch bitte ein Taxi nehmen.

In der Mansarde war es kalt, Heinrich und Elisabeth verschlungen unter der Daunendecke, ein Ineinander von Armen und Beinen, Maria küsste Füße, ohne zu wissen, zu wem sie gehörten, beim Hinausgehen zu den schlafenden Kindern: »Wir fahren nach Italien, meine Lieblinge, und dann hat Mama Zeit für euch.«

Sie ging ins Bad und entkleidete sich, betrachtete ihre Nacktheit, das Verlangen war verschwunden, einer unbestimmten Sehnsucht gewichen.

Vielleicht, schoss es ihr durch den Kopf, hat er angerufen, das Handy musste in der Jeans sein, nein, in der Jacke, nein, in der Handtasche! Nackt rannte sie durch das Haus, als sie es gefunden hatte: *Keine Nachrichten.*

Langsam zog sie einen Bademantel über, rosa Frottee, aus dem *Ritz* in London, ein Stück aus den guten Zeiten ihrer Ehe, jetzt wartete dieses Leben darauf, in Stücke gerissen zu werden.

Am nächsten Vormittag fehlte Detlef, in einer nächtlichen SMS hatte er verlauten lassen, er brauche Schlaf, Maria saß allein an ihrem Schreibtisch, in derselben Jeans wie gestern und mit langem Zopf über der Schulter. In dieser Gemütslage erträgt sie die Männer nur einzeln, bestellte sie zum Rapport, Simon als letzten, Maria deutete auf den Besucherstuhl. Sie zwang sich zu lächeln: Besten Dank für seinen Einsatz, er habe etwas bei ihr gut und dürfe Platz nehmen. Simon blieb stehen, enge Jeans, seinen Schwanz trägt er links: Die freien Tage nehme er nächste Woche.

Maria nickte, griff nach ihrem Notizblock, begann, ein Schafott zu zeichnen, ohne es zu bemerken, und in das Schweigen: Er möge sich setzen, *bitte.*

Nur das Geräusch ihres Bleistifts auf dem Papier, auf das

Schafott ein Männchen, zu Simon: Ob es bald werde! So heftig, dass ihr Speichel auf den Schreibtisch spritzte.

Simon in einem Satz mit halbem Hintern auf den Stuhl.

Maria matt: »Danke. Deine Eindrücke, was für ein Mann ist Luca?«

Simon wippte auf der Pobacke. Maria, um Fassung bemüht: Ob er des Redens mächtig sei?

»Pervers ist der Typ!«, zugleich mit Simons Antwort ein Klopfen und Leos Kopf, der sich durch den Türspalt schob.

Marias erster Gedanke: Wie schön er ist mit seinem Bartschatten und der aristokratischen Nase, ihr zweiter: Warum sie gerade heute die Brille trägt, mit einer verlegenen Handbewegung in Simons Richtung: Er könne gehen, sie werden später reden.

Simons Blick entgeistert zwischen Maria und Lorenzo, dann flüchtete er aus dem Zimmer.

Maria war allein mit Leo.

Sie rührte sich nicht vom Fleck, überließ die Initiative ihm. In seinen Augen Qual, ob wirklich, Maria war sich nicht sicher, ihre Instinkte versagen, wenn sie liebt.

Er mit einem Räuspern: Auf ihre Frage von vorgestern, wer er sei. Er sei der Mann, der nicht anders könne, als sie zu begehren. Er sei der Mann, der sie liebe.

Mehr als ein »Leo« brachte Maria nicht heraus, Fassungslosigkeit, dass das Wort *Begehren* sie so erregte. Leo war im Begriff, ihre Brille zu nehmen, die Tür flog wieder auf, Detlef, die Aktentasche unter den Arm geklemmt, zwei Kaffeebecher in den Händen, er hielt inne.

Leo setzte die Brille zurück auf Marias Nase, strich über ihre Wange: Es gehe hier zu wie auf einem Bahnhof, bis später dann, er nickte Detlef zu, Herr Schimanski, damit war er verschwunden.

Detlef stellte die Becher ab, zog die Jacke aus, heute ein

Sakko mit großen Karos: Ob sie jetzt arbeiten könnten, Maria hörte ihn nicht, *er liebt mich, er liebt mich.*

Detlef rollte mit den Augen: Ob Maria bereit sei, ihm für einen Moment ihr Ohr zu leihen, eventuell haben sie ihn, der Kretin habe ihm die Bilder angeboten, auf einem Prepaidhandy. Er sei drin.

Maria bemüht, seine Begeisterung zu teilen: Wann er das Handy bekomme?

Detlef mit ihrer Reaktion unzufrieden: »Heute Abend.« Er machte einen Schritt auf sie zu. »Hast du mich überhaupt verstanden? Das ist der Durchbruch!« Er lade sie zum Mittag ein.

Maria schaute durch ihn hindurch, er scheine nicht begreifen zu wollen. »Du hast uns doch eben gesehen, Lorenzo und mich.«

Detlef: »Der hat dich in der Hand.«

Maria: »Hör auf mit deiner Eifersucht.«

Sie sank in den Drehstuhl, den Becher in der linken Hand, den Notizblock in der rechten, begann, hin- und herzuschwingen, bemerkte nicht, dass der Kaffee auf ihre Hose schwappte, zu Detlef: Wenn sie die Bilder hätten, wäre eine Durchsuchung fällig, bei Luca und im Club, am liebsten würde sie auch Chiari filzen. *Am liebsten wäre sie Leo hinterhergerannt und hätte sich die Kleider vom Leib gerissen.*

Eine Strähne hatte sich aus dem Zopf gelöst, sie schob sie in den Mundwinkel, kaute daran, das Telefon klingelte. Der Becher fiel zu Boden, Maria sprang über die Lache und griff nach dem Hörer.

Am anderen Ende Noll: Sie hätten ein totes Kind. Er klang erschöpft, das Kind sei drei Jahre alt, das Ende sei ziemlich plötzlich gekommen. Maria unterbrach ihn, stellte auf *Mithören*: »Wo befindet es sich jetzt?«

Noll: »Im Aufbahrungsraum mit den Eltern, danach geht es zum Bestatter, die Eltern haben die Obduktion verweigert.«

Maria warf den Zopf zurück auf den Rücken: »Wieso Obduktion?«

Noll ließ sich Zeit mit seiner Antwort: Er habe gedacht, das Kind schaffe es, diabetisches Koma. Eigentlich kriegten sie das in den Griff.

Er solle sich nicht vom Fleck rühren und die Kleine lassen, wo sie sei, Maria ballte die Faust. Noll protestierte, er lege Wert auf seinen Titel und den Feierabend. Maria: Das sei ihr wurscht, oder wolle er sich der Unterschlagung von Beweismitteln schuldig machen?

Sie hängte ein und trat an Detlefs Schreibtisch, der saß noch immer finster hinter seinem Computer. Maria stützte die Hände auf, vornüber gebeugt: Also gut, sie habe es nicht so gemeint. Sie richtete sich auf, löste ihr Haar, fuhr mit den Fingern hindurch, flocht es aufs Neue, sie entschuldige sich. Er sei natürlich *nicht* eifersüchtig. Keine Spur. Und jetzt solle er kommen, sie müssen sich das Kind schnappen, bevor es Chiari zu fassen bekomme, sie legte sich Detlefs Jacke um die Schultern.

Auf dem Weg zur Klinik überfuhr sie zwei rote Ampeln. Detlef schwieg, sinnlos, sie zu ermahnen, sie war nicht ansprechbar in diesem Zustand, nur, als sie der Tram die Schienen streitig machte, legte er seine Hand auf ihren Arm: »Maria.«

Vor dem Portal nahm sie einem Rettungswagen mit Blaulicht die Vorfahrt, noch einmal sagte Detlef: »Maria, bitte.«

Sie stellte den Wagen auf die Rampe, sprang heraus, rannte durch die Notaufnahme, Detlef folgte ihr, warf entschuldigende Blicke nach rechts und links, bis sie keuchend vor der Aufzugtür standen. Er fasste sie unter den Arm: Sie solle daran denken, dass da oben verzweifelte Eltern auf sie warteten. Sie beide seien definitionsgemäß diejenigen, die Zuversicht spenden müssten.

Er war nicht sicher, ob sie ihn hörte.

Sie fuhren nach oben. Detlef mit Blick auf Marias Profil: Vielleicht interessiere sie das hier – sie habe auch schon besser ausgesehen. Ihr Kinn sei spitzer geworden, ein paar graue Haare habe sie neuerdings auch. Langsam wandte Maria den Kopf: Ob ihm bewusst sei, dass er ununterbrochen quassele, und was ihr Äußeres betreffe, es scheine Männer zu geben, die daran keinen Anstoß nähmen. Detlef: »Männer? Gleich mehrere?«

Der Aufzug hielt an, Maria drückte Detlef beiseite, vor ihm in die Schleuse: »Deine Nähe ist mir nicht zumutbar«, sie riss die Tür zur Station auf, stürmte hinaus, auf der Mitte des Flures stand Noll mit bockigem Gesicht.

Er hielt die Arme hinter dem Rücken verschränkt, als sie in Hörweite war: Guten Tag, eigentlich wisse er nicht so recht, was die Frau Kommissarin sich von ihrem Besuch verspreche, er wippte auf den Zehenspitzen, wenn Eltern eine Leichenschau verweigerten, gebe es eben keine.

Maria in Betrachtung seines Hemdes, dessen Knöpfe über dem Bauch abzuspringen drohten: »Natürlich gibt es die, Sie sollen mal sehen!« Und wo sich der Raum befinde, in dem die Kleine verstorben sei?

Noll zuckte die Schultern: »Nun denn, Sie erlauben wenigstens, dass ich vorangehe?«

Detlef war aufgetaucht, Noll führte sie in ein gläsernes Kompartment, das Bett noch zerwühlt, ein Infusionsständer mit halbvollen Beuteln. Maria sagte: »Detlef, sperr den Raum ab, Herr Noll, hier darf niemand hinein, Detlef, hol die Spurensicherung, aber ohne Aufhebens, sie sollen die Infusion mitnehmen, sonst nichts.«

Noll halblaut zu Detlef: Ob der sich nicht bevormundet fühle, so auf Dauer. Detlef im Flüsterton: Es sei eine Frage der Sublimierung, Noll wisse schon, die Hingabe an seine Aufgabe als Umwandlung sexueller Impulse in eine anerkannte Verhaltensweise. Sage seine Psychologin.

Er klebte ein Siegel an die Tür, das Klappern von Marias Absätzen verschwand in Richtung des Aufbahrungsraumes. Herr Doktor Noll möge ihn entschuldigen, Frau Kommissarin Rosenblatt brauche jetzt seine Hilfe.

Maria winkte vom anderen Ende des Flures, er beschleunigte seinen Schritt, sie war stehen geblieben, sprach in ihr Handy: Sie *müsse* aber Staatsanwalt Gysin sprechen, sofort, es gehe um eine Obduktion, Pause: »Dann holen Sie ihn aus seiner Besprechung!« Etwas später: »Herr Staatsanwalt!« Ihr Ton schlagartig kokett: Ein unklarer Todesfall auf einer Station, das Kind müsse unverzüglich obduziert werden, das mache die hausinterne Pathologin, eine Frau Professor Chiari, danach solle noch mal Leuthold ran, es sei von äußerster Bedeutung.

Gysin zierte sich, Noll war hinzugetreten, sah auf seine Uhr, er habe noch anderes zu tun. Maria: »Ruhe da!«, dann wieder artig: Sie habe nicht ihn gemeint, Herr Staatsanwalt, und danke vielmals.

Sie legte auf, obwohl er nicht zugestimmt hatte, noch einer, bei dem sie sich entschuldigen müsste. Außerdem: Wenn sie auf der falschen Fährte war, würde sie das ihren Dienstgrad kosten.

Sie klappte das Handy zu, rief Noll zurück: »Hierher!«

Männer schienen vor ihr zu türmen, besonders in letzter Zeit: »Nun kommen Sie schon, Noll«, sollte er seinen Titel haben: »*Dr.* Noll!«

Als er wieder vor ihr stand: Das Kind müsse schnellstens runter in die Pathologie.

Noll sagte: »Erklären *Sie* das den Eltern«, Maria im Gehen: Sie sei daran gewöhnt, alles allein zu machen. Sie drückte die Klinke zum Aufbahrungsraum.

Das Zimmer im Kerzenschein, stickig, zu eng für derartiges Unglück.

Das Mädchen lag auf der Bahre. In weißem Krankenhaushemd, stark übergewichtig, die dicken Ärmchen auf der Brust verschränkt. Rechts daneben die Eltern, ebenfalls fettleibig, nicht größer als einssechzig, die Mutter mit unordentlich geknotetem Kopftuch, der Vater unrasiert. Fassungslosigkeit in den Augen.

»Maria Rosenblatt, mein Kollege Detlef Schimanski.« Maria wandte sich suchend um, Detlef war am Eingang stehen geblieben.

Maria: ihr aufrichtiges Beileid, sie fasste schlaffe, kalte Hände: »Erschrecken Sie nicht«, sie sei von der Polizei.

Sie trat hinter das Kind, nahm es bei den Schultern, als könne es die Berührung noch spüren: »Man sagte uns, der Tod Ihrer Tochter ist überraschend eingetreten«, es tue ihr leid, in solchen Fällen sei eine Obduktion leider zwingend.

Der Vater, aus seiner Starre erwacht: Das komme nicht in Frage! Ein Akzent aus dem ehemaligen Jugoslawien, Maria war noch immer nicht in der Lage, Kosovaren, Kroaten und Serben auseinanderzuhalten. Sie senkte den Kopf, sie wisse, dass der Gedanke den Eltern wehtue, aber ihr Kind werde mit allem Respekt behandelt.

Der Vater hatte sich aufgerichtet: »Niemand schneidet Suzane auf!«, die Hände zu Fäusten geballt.

Maria: Es ist zu Suzanes Bestem.

Sie trat an die Tür, endlich hielt Detlef den Eltern die Hand entgegen, keiner von beiden schlug ein.

Sie gingen schweigend zum Stationszimmer, Ursina mit roten Lippen am Waschbecken, sie hatte sich ein Geschirrtuch um die Hüften gebunden und machte den Abwasch, sah kurz auf, schenkte Detlef ein kleines Lächeln. Maria verscheuchte sie mit einer Handbewegung, verwies Noll auf die

Bank. Er griff über den Tisch, kramte in einem Schälchen mit Keksen, stopfte sich zwei in den Mund.

Maria lehnte sich an das Waschbecken, betrachtete Detlef, der sich neben Noll gesetzt hatte, als habe er die Seiten gewechselt. Sie wartete, bis das Mahlen von Nolls Kiefern verstummt war: »Erzählen Sie, wie das Kind gestorben ist.« Noll tat, als habe er nicht gehört, tastete wieder nach den Keksen. Maria trat vor, wischte die Schale beiseite: Er solle reden!

Noll zu Detlef gewandt: Ob er sich das gefallen lassen müsse? Detlef lächelte verlegen; als er nichts sagte, begann Noll: »Sie kam gestern, diabetisches Koma, Sie haben ja gesehen, was sie wiegt. Traurig, aber nicht selten.« Er habe sie aufgenommen und eingestellt. Insulin und so weiter, man kenne das ja. Die Nacht sei einigermaßen friedlich verlaufen, die Mutter war heute Morgen gegen neun ein paar Sachen holen gegangen.

Er befeuchtete seinen Zeigefinger, nahm einige Krumen von der Tischoberfläche auf, ließ sie in seinem Mund verschwinden: Sie sei gegen halb elf zurückgekommen, da hatte er das Kind bereits für tot erklärt. Herzstillstand.

Maria: Ob das vorkomme bei Diabetes?

Noll an ihr vorbei zu Detlef: »Überhaupt nicht. Wir hätten sie bald wieder entlassen.« Er legte die Stirn in Falten.

Maria fühlte ihr Handy vibrieren, zog es aus der Tasche, *Zuhause*, auch das noch. Sie drückte auf *Annehmen,* die Stimme eines Vögelchens: »Mamachen, hier ist Heinrich, was machst du gerade?«

Maria zum Fenster: »Schätzchen, ich bin in der Klinik und rede mit ein paar Leuten.«

»Was für Leute, Mama?«, Heinrich eifrig, »Verbrecher?«

Er rief so selten an. Maria: »Herzchen, nein«, es seien lauter liebe Menschen, aber sie müsse … Heinrich wusste, was kam, ohne Überraschung: »Ach so«, er küsste den Hörer, »bis später, Mama«, er legte auf.

Maria starrte aus dem Fenster, Heinrichs Stimme noch im Ohr, Detlefs Blick im Rücken, es zerriss sie, dieses Leben. Sie wandte sich um: Ihr Sohn, Noll solle entschuldigen, er sei erst acht.

Detlef schüttelte den Kopf, legte Noll die Hand auf den Arm: Wer Zugang zu der Patientin gehabt habe?

Noll aufgeräumt, zu Detlef gebeugt: Ha! Die Frau Kommissarin habe auch ihre Dämonen, er zog die Kekse heran, sagte laut: »Alle konnten zu Suzane, sie war ja nicht isoliert.« Die Station sei ein Taubenschlag am Vormittag.

Sie schwiegen, nur das Krachen in Nolls Mund, Detlef stand auf, Maria ins Ohr: Zeit zu verschwinden, ehe der Kretin die Leiche holen würde. Als Maria nicht reagierte, laut: Noll möge entschuldigen, der nächste Termin warte, er fasste Maria am Oberarm, und: »Danke, Herr Doktor, Sie haben uns sehr geholfen.«

Noll nickte, holte Luft, dann zu Detlef: Er solle sich die Sau holen.

Vor der Tür nahm Detlef Maria bei den Schultern: »Reiß dich zusammen«, Maria blinzelte, er hatte Recht, es ging hier nicht um sie.

Auf dem Flur geschäftiges Treiben, ein neuer Patient wurde herangerollt, Junge, dachte Maria, fünf oder sechs Jahre alt, hellblond, *zu blond*, Gott sei Dank, er passte nicht ins Beuteschema.

Draußen blies ein kalter Wind aus Norden, Maria zog die Jacke enger, musterte Detlef: Er habe ja gar nichts an.

Detlef hatte die Arme um sich geschlungen: *Sie* habe seine Jacke an, Maria sah an sich herab: »Tatsächlich.«

Sie starrten sich an, dann lachten sie, Tränen auf den Wangen, rannten zum Auto, Maria: Wer zuerst da ist, Detlef ließ sie gewinnen, sie: »Fahr du«, er: »Du wärst verloren ohne mich«, das stimmte sogar.

Der Verkehr an der Universität stockte, es wurde gebaut. Maria war wieder hellwach, ihre Hand lag beiläufig auf Detlefs Knie, sie redete im Staccato auf ihn ein: »Du gehst heute Abend in den Club, nimm Bargeld mit für das Handy, es wird nicht billig sein, die Bilder sind unter hohem Einsatz entstanden, Geschlechtsteile toter Kinder, womöglich ermordeter Kinder, das werden sie sich gut bezahlen lassen.« Detlef nickte, er ließ Maria streicheln, reden: Dann heute Nacht die Durchsuchung, Detlef solle das organisieren, bitte. Inzwischen hätte Chiari das neue Opfer obduziert, Leuthold Chiaris Befund überprüft. Wenn da was faul wäre mit dem Tod, und die Ergebnisse beider Obduktionen übereinstimmten, hätten sie Luca. Wenn was faul ist und das nur Leuthold auffalle, wäre Chiari mit dran. Dann nämlich habe sie ihren Sohn gedeckt.

Detlef hielt an einer Ampel, betrachtete die Hand auf seinem Knie, Maria fuhr fort: »Und wenn wir ein Riesenglück haben, schießt der Kretin noch heute Nachmittag seine dreckigen Bilder.« Ihre Hand wanderte den Oberschenkel hinauf. Detlef: »Weiter, Maria.« Maria blickte aus dem Fenster: Sie hocke sich vor die Videoüberwachung, er sehe die Krankenakte der kleinen Boampong durch, ob es da auch einen Herzstillstand gegeben habe.

Detlef parkte vor dem Präsidium, nahm ihre Hand und küsste sie, Maria: »Lass das«, Detlef: *Sie* habe angefangen.

Er beugte sich über sie, öffnete die Beifahrertür, Maria schwang die Beine nach draußen, schüttelte das Haar, die Flechten hatten sich gelöst.

Detlefs Telefon klingelte, er lauschte, dann: »Ja, aber nicht vor Mitternacht«, er trennte die Verbindung, und zu Maria, ohne sie anzusehen: »Sie ist auch blond.«

Der Überwachungsraum lag im Untergeschoss des Präsidiums. Es war kühl, in der Luft ein schwacher Geruch nach Schimmel. Urs saß vor dem Monitor, eine funktionslose Zigarette zwischen den Lippen. Als er Maria bemerkte: Er habe noch Zeiten erlebt, in denen man *wirklich* rauchen durfte. Er legte die Zigarette beiseite, nicht gewillt, sich für seine Marotte zu entschuldigen. Maria zog sich einen Stuhl heran: »Was gibt's?«

Urs mit Blick auf den Bildschirm: »Die Videoschaltung steht, Vorhang auf für Chiari, den Kretin und das tote Kind.« Er fuchtelte mit den Armen. Weiter: »Chiari obduziert die kleine Dicke mit allem Drum und Dran, es ist ekelhaft, Bauch auf, Organe raus, Schädel auf, Hirn raus.« Maria ließ ihn reden, er musste das loswerden, war noch nicht oft dabei gewesen.

»Unvorstellbar, dass wir da selbst einmal liegen.« Urs' Finger verschwand im äußeren Gehörgang, er machte eine rüttelnde Bewegung. Ein Griff zur Maus: Er zeige ihr die anderen Einstellungen, Klick auf die Taskleiste, das Büro erschien, Mikroskope im Halbdunkel, die MTA über das Okular gebeugt, der Kühlraum verlassen.

Maria nahm die Maus, hätte sie am liebsten desinfiziert, Urs' Finger ständig in irgendwelchen Körperhöhlen: »Ich löse dich ab, du kannst gehen, ich mache den Rest.«

Urs hob die Brauen: »Brauchst du nie frei?«, noch ein Versuch: »Und deine Familie?«

Immer wieder bohren sie, obwohl Maria private Fragen untersagt hat. »Freizeit ist etwas für Schwächlinge«, Maria hob den Zeigefinger und deutete zur Tür. Wartete, bis sie allein war, zoomte sich den Ausschnitt heran, der das tote Mädchen zeigte, der Brustkorb weit offen, dann versperrte Chiaris Rücken den Blick, einmal trat sie auf die andere Seite neben Luca, jetzt war die Ähnlichkeit zwischen Mutter und Sohn augenfällig. Die Organe in verschiedenen Schalen neben dem

Seziertisch, Chiari untersuchte sie äußerlich, entnahm Proben, rief mehrfach nach der MTA.

Schließlich schien sie zufrieden, stemmte die Hände in die Hüfte, nickte Luca zu, verschwand aus dem Radius der Kamera, erschien ohne Schürze und Handschuhe im Büro, setzte sich an den Rechner.

Maria klickte zurück, der Kretin allein neben dem Kind, er hob die Organe aus den Schalen, es tropfte, er beförderte sie zurück in den Bauchraum, soweit Maria erkennen konnte ohne System, drückte sie zusammen, begann mit der Naht. Am unteren Ende des Schnittes angekommen, legte er Nadel und Faden beiseite, nahm einen Lappen, fuhr über den Körper, blickte sich um, spreizte dem Opfer die Schenkel, beugte sich vor. Schob die Beine wieder zusammen, Lappen auf den Boden. Er karrte den Wagen aus dem Sichtfeld, tauchte im Kühlraum auf. Neon flackerte auf, er schob den Leichnam in sein Fach, verriegelte die stählerne Tür, löschte das Licht, ging ins Büro, stand mit der blutigen Schürze vor Chiari, die ein angewidertes Gesicht machte, Luca verschwand, um sich umzuziehen.

Maria sehnte sich nach einem Kaffee. Sie betätigte die Sprechanlage neben ihrem Rechner: »Detlef?«, seine Antwort: Er komme mit Kaffee.

Maria trennte die Verbindung, zwei Minuten später stand Detlef hinter ihr, stellte einen Becher neben die Tastatur, trug seine Lederhose, Maria musterte ihn. Er fange noch an, ihr zu gefallen.

Ein schwaches Lächeln, Detlef blickte auf den Bildschirm: Ob der Kretin das Feld geräumt habe? Maria nickte: Wenn sie Glück hätten, käme er noch mal wieder.

Sie beobachteten die MTA, Maria blies in ihre Tasse: Die scheine auch Schluss zu machen, sie klickte, sagte: »Chiari haut ebenfalls ab.«

Minuten später lag die Pathologie im Dämmerlicht der

Notbeleuchtung. Detlef noch immer hinter Maria, in Betrachtung ihres Haaransatzes, der Spur von Grau.

Maria sah sich um: Er solle sich einen Stuhl nehmen, sie möge es nicht, wenn er hinter ihr stehe, Detlef: Er habe Roman und Simon für die Durchsuchung eingeteilt, sie bekämen Befehl, wenn er mit Luca fertig sei. »Hat er dich schon gefickt?«

Was fällt diesen Männern ein, Maria betont: »Ja, er hat mich gefickt«, und das verdammt gut.

Detlef: »Dann gebe ich wohl besser auf?« Maria nickte. Müdigkeit überwältigte sie.

Detlef schwieg, Maria sah zu ihm auf, leise: »Ich liebe ihn«, Detlef: Das könne sie jetzt noch gar nicht wissen.

Das Licht im Seziersaal flackerte auf, Maria sprang in die Höhe, schlug gegen Detlefs Kinn, seine Zähne machten ein klapperndes Geräusch. Er legte die Hand vor den Mund: »Maria, verdammt«, sie entgegnete: »Hab dich nicht so, das ist der Kretin.«

Auf dem Bildschirm Luca in ungewohnter Tenue, Lederhose, Wams, in der Hand eine Plastiktüte. Er durchquerte den Saal, sah sich um, betrat den Kühlraum, schaltete die Neonröhren an, wischte sich mit dem Handrücken die Stirn, schien trotz der Kälte zu schwitzen, trat an den Stahlschrank, öffnete ein Fach, zog den verpilzten Penner ans Licht, stieß ihn unsanft zurück, ein wächserner Arm rutschte zur Seite. Der Kretin packte ihn und schob ihn auf die schlaffe Bauchdecke zurück, schloss das Fach und machte sich an der Nebentür zu schaffen. Er holte das tote Kind hervor, verlangsamte seine Bewegungen, als fiele er in Trance. Detlef beugte sich vor, um Lucas Gesicht heranzuzoomen, verlor ihn aus dem Blick.

Maria: »Idiot«, entriss ihm die Maus, wieder auf Luca, sein verzerrtes Gesicht füllte den Bildschirm aus. »Das ist Ekstase, das ist sexuelle Lust«, sie ging zurück auf das Gesamtbild.

Der Kretin griff in die Tüte, zog ein paar Handschuhe hervor, streifte sie über.

»Scheiße, wo ist der Ring?«, Maria flüsterte, als könne der Mann auf dem Bildschirm sie hören, der fasste wieder in seine Tasche, holte ein Tuch heraus, hob das Becken des Kindes mit der einen Hand, schob das Laken mit der anderen darunter. Bückte sich, hatte eine Kamera in der Hand, ging um das Mädchen herum, verstellte ihnen die Sicht, während er hantierte, fotografierte, dann legte er den Fotoapparat auf den Boden, machte sich zu schaffen an etwas, das ihnen verborgen blieb, reckte das Becken, es begann, heftig zu zucken.

»Oh Gott«, Detlefs Stimme flehend, »er wichst.« Maria hielt den Blick ungläubig auf den Bildschirm gerichtet: Und sie habe den Eltern versprochen, ihr Kind werde mit Respekt behandelt. Detlef mit einem Arm um ihre Schulter: Das hier habe sein müssen, damit sie ihn schnappen.

Der Kretin stand still, nur die Schultern bebten, dann hatte er es plötzlich eilig, raffte seine Sachen zusammen, schob das tote Mädchen zurück in das Kühlfach, warf die stählerne Tür zu, sah sich noch einmal um, verließ den Raum. Maria klickte, Luca war am Ausgang, seine ausgestreckte Hand tastete nach dem Schalter, das Licht erlosch.

Sie schwiegen.

Detlef räusperte sich, hatte einen grünen Zettel in der Hand: Übrigens, die kleine Boampong *sei* an einem Herzstillstand gestorben, Maria sank auf ihren Stuhl: »Wie macht er das?«

Detlef nahm seine Jacke, nachlässig über die Lehne ihres Stuhles geworfen: Das müsse ihnen Leuthold sagen – der Bestatter hole die da morgen früh ab, er deutete auf den schwarzen Bildschirm, und bringe sie zur zweiten Obduktion.

Maria nickte: »Ich frage mich, wie viele Kinder wir exhumieren müssen.«

Detlef schon in der Tür: »Jedenfalls diejenigen mit passender Todesursache.« Wenn Leuthold fertig sei, setze er jemanden darauf an.

Er war gegangen. Maria allein. Sie senkte den Kopf, legte ihn auf die gekreuzten Arme. Sie war der Lösung nah, Puzzleteile, die ineinanderfielen, ihre Müdigkeit jetzt vernichtend.

Sie wusste nicht, wie lange sie geschlafen hatte, eine Stunde vielleicht, als es klopfte, sie hob den Kopf.

Ein Streifen Licht, die Tür schloss sich wieder, Schritte, er fasste ihre Schultern: »Man hat mir gesagt, wo ich dich finde.«

Er wollte seine Hände in ihren Ausschnitt schieben, sie stieß ihn von sich: »Nicht hier.«

Er atmete aus, eine Minute verging, Maria stand auf, wünschte, er nähme sie in den Arm. Lorenzo sagte: »Wir verschieben das auf morgen«, beinahe klang es wie eine Drohung. Er ließ die Tür im Hinausgehen offen.

Sie richtete ihren BH, machte einige Schritte, streckte den Kopf durch den Türspalt, aus einem Büro drang Licht, sie eilte zum WC.

Im Spiegel eine Frau, die die Kontrolle über ihr Leben verloren hatte: das Haar verfilzt, der Mascara verschmiert, die Augen fiebrig glänzend, sie beugte sich unter den Wasserhahn, wusch sich, fuhr mit den Händen durch das nasse Haar. Sie musste unbemerkt nach Hause kommen, um sich für den Rest der Nacht wieder herzustellen; falls es eine Durchsuchung gebe, hätte sie die verdammte Pflicht, dabei zu sein.

Sie erreichte das Auto, ohne jemandem zu begegnen, sank in den kalten Sitz, schob einen Finger unter den Hosenbund in ihren Slip.

Die Scheiben beschlugen. Sie zeichnete ein Herz an die Scheibe, M & L, und einen Pfeil, der das Herz durchstieß.

Zwanzig Uhr, vor ihrem Haus. Sie bog in die Einfahrt, der Fiat des Kindermädchens stand noch da. Aus dem Wohnzimmer drangen Stimmen, Hannes saß vor dem Fernseher.

Unbemerkt stieg sie die Treppe hinauf, blieb vor dem Kinderschlafzimmer stehen, legte das Ohr an die geschlossene Tür, Worte auf Italienisch, das Kindermädchen las vor.

Sie ging ins Bad, schaltete Licht an. Auf dem Waschbeckenrand der schwarze Dildo, sie war sich sicher, ihn in einem Koffer mit Zahlenschloss verstaut zu haben.

Ein Geräusch, sie blickte sich um, hinter ihr im Halbdunkel Hannes: »Maria.« Pause. »Maria Magdalena.«

Ihre Worte flehend: »Es war eine Kurzschlusshandlung, mehr nicht«, sie wusste nicht, wohin mit den Händen, Hannes betrachtete sie und imitierte ihre Stimme: »Eine Kurzschlusshandlung«, als Maria nichts hinzufügte, er weiter: »Wir reden noch darüber«, er wandte sich um, stieg die Treppe hinab.

Maria senkte den Kopf, drehte sich zum Spiegel, glaubte, ihre Mutter zu sehen, klein, gebeugt, ein Leben lang geduckt vor ihrem Mann.

Plötzlich kam Leben in sie. In drei großen Schritten bei der Treppe: »Es gibt nichts zu reden«, sie beugte sich über das Geländer, »hör auf, mir nachzuspionieren«, ihre Stimme überschlug sich, »mein Körper gehört mir!«

Keine Antwort von unten, sie lief zurück ins Bad, warf die Tür zu.

Auf dem Waschbeckenrand noch immer der Dildo, sie nahm ihn und hielt ihn fest, drückte ihn an ihre Brust.

Sie begann, sich zurechtzumachen, wenig Make-up, kein Lippenstift, schlichter Pferdeschwanz.

Im Ankleidezimmer stieg sie in die schwarzen Jeans,

streifte den roten Rollkragenpullover über den Kopf, nahm die Hintertreppe, lief aus dem Haus, kein Hannes, Kälte auf ihren Lippen, sie zog den Kragen des Pullovers bis zum Kinn.

Der Wagen war noch warm, die Straße menschenleer.

Sie rollte den Berg hinab, Lichterketten überall, als gebe es einen Dresscode für Häuser, in den Fenstern Familien am Esstisch: Mann, Frau, Kind. Maria gehörte nicht mehr dazu.

Sie bog auf die Seestraße und versuchte, ihre Gedanken zu ordnen: Das Video war ein Indiz, aber kein Beweis, schon gar nicht vor Gericht, sie brauchten das Handy und den Ring, am liebsten auch eine Kundenliste, falls der Kretin so dumm war. Du liebst doch die Kinder, Jesus, hilf mir, ihn zu schnappen.

Am Straßenrand gibt es eine Bar, *Ocean View,* davor die üblichen Luxuskarossen, statt im Präsidium konnte sie ebenso gut hier auf Detlefs Anruf warten, alles, nur jetzt nicht allein sein. Vielleicht hatte sie noch einen Lippenstift im Handschuhfach. Sie parkte hinter einem Bentley, kramte, fand Elisabeths dunkelroten Lipgloss, Barbiedesign, Beerengeschmack, trug ihn auf, ihr Gesicht im Rückspiegel kalkweiß. In den Fenstern der Bar leuchteten bunte Sterne.

Sie stand vor dem Eingang, zwang sich, die Tür aufzustoßen, schob einen roten Vorhang aus Samt beiseite, wurde umhüllt von Wärme und Licht und dem Geruch nach Zigarren. Am Tresen zwei Herren, der Hocker zwischen ihnen frei. Ohne zu zögern trat sie näher, stieg auf, zog ihr Handy aus der Hosentasche, legte es vor sich ab. Der rechte Nachbar schelmisch: Sie solle um Gottes Willen das Ding wegtun.

Maria wandte den Kopf, ein dicker Bruce Willis, der Schädel oben kahl, seitlich kurz geschoren. Die Lippen für einen Mann zu voll. Er sagte: »Reden Sie lieber mit *mir.*«

Marias Blick forschend, er: »Sie können einen ausziehen mit Ihrem Blick.«

Maria: »Berufskrankheit.«

Sie bestellte einen Wodka, der Barkeeper hob den Daumen: Endlich eine Frau, die etwas vertrage, Maria: Was die anderen nähmen? Der Barmann: Cosmopolitan. Er zog ein Glas aus dem Eisfach, füllte es bis zum Rand, reichte es Maria: Er wünsche ein frohes Fest. Maria leerte das Glas, die Lippen des Nachbarn plötzlich an ihrem Ohr: Sie sei aber durstig.

Maria nickte, ihre Stimmung begann, sich zu heben. Sie würden den Kretin vor dem Wochenende schnappen, es gäbe einiges zu feiern. Sie griff nach dem Handy, tippte Leos Nummer, schrieb: *Bin Samstag und Sonntag mit den Kindern im Splendido (Portofino), kommst du mit?*

Keine Minute verging: *Ich will dich im Pool vögeln*, ihre Knie wurden weich, sie klappte das Handy zu, legte die Hand Kante an Kante neben die ihres Nachbarn: »Wochenendplanung fertig, und Sie?«

Er hatte sich eine Zigarre angezündet, blies den Rauch in die Luft: Ob *er* darin vorkomme?

Maria: »Was hätten Sie denn zu bieten?«

Sein Doppelkinn in feiste, kleine Hände gestützt: Er könnte ihr das Fliegen beibringen.

Marias Handy vibrierte, *Detlef*, sie sagte: »Excusez«, erhob sich, ging ein paar Schritte zur Seite, ins Telefon: »Ja?«

Detlef war kaum zu verstehen: Er stehe auf der Straße vor dem Club und habe das verfickte Handy, »komm ins Präsidium, Schätzchen«, es tutete.

Maria stieß die Faust in die Luft, der Dicke lachte, sie trat neben ihn, legte zwanzig Franken auf den Tresen: Sie könne schon fliegen, Kuss auf die Wange, teurer Duft auf kratziger Männerhaut, zum Abschied: »Ein anderes Mal.«

Auf der Seestraße fuhr sie achtzig, hauchte in ihre Hand, ob Detlef den Alkohol riechen würde; war sich nicht sicher, kramte einen Pfefferminzkaugummi aus dem Handschuhfach hervor, besser zwei.

Vierzehn Minuten bis zum Präsidium, neue Bestzeit, sie stellte den Wagen vor die Tür, warf dem Pförtner den Schlüssel zu: Sie werde gleich einen Kinderschänder schnappen.

Er nickte, hatte eine Schwäche für die Frau Kommissarin mit den hohen Absätzen, auch wenn geredet wurde, sie trinke zu viel.

Detlef wartete im Büro, gab sich siegesbewusst: »Was sagst du nun?«, er wolle gelobt werden. Maria fasste sein Gesicht, küsste ihn auf den Mund: Wo das Corpus delicti sei, übrigens, er rieche nach Knoblauch.

Er zog den Arm hinter dem Rücken hervor, in der Hand das Handy: Und sie rieche nach Schnaps, noch einen Kuss. Maria: »Her mit dem Handy, Herrgott noch mal.«

Sie solle ihn wenigstens die Bilder einstellen lassen, er tippte, auf dem Display erschien ein Handschuh, eine gespreizte kindliche Scham, der Ansatz dicklicher Oberschenkel: »Das ist Suzane.«

Wortlos standen sie Seite an Seite, dann ging ein Ruck durch Detlef, er griff zum Telefon: »Roman? Du und ich treffen uns vor Lucas Wohnung, Maria und Simon nehmen sich den Club vor, wir suchen nach Speichermedien, Listen und dem verdammten Ring.«

Er hängte ein, legte Lucas Handy in die Schublade, griff mit der anderen Hand nach seiner Pistole: »Du auch, Maria«, sie nickte, wenngleich sie ungern eine Waffe trug, sie war von der Angst besessen, ohne hinreichenden Grund zu schießen.

Detlef im Hinausgehen: Er werde Maria einen Beamten zur Seite stellen, der sie zum Club fahre, betrunken im Einsatz, das würde sie ihre Dienstmarke kosten.

Das Team wartete in einer Einfahrt, ein paar Häuser neben dem Club, vier Beamte, die sie nur vom Sehen kannte, außerdem Simon. Maria hätte sich eine Frau gewünscht.

Es zog, alle froren, die Begrüßung fiel knapp aus, aus Marias Mund stiegen weiße Wolken, als sie die letzten Instruktionen gab: Nach ihren Erkenntnissen existiere ein Hinterausgang, der werde bewacht, ob das klar sei? Keiner der Kunden oder Mitarbeiter dürfe das Etablissement verlassen, alle würden registriert. Wahrscheinlich gäbe es ein kleines Büro, kein Zettel, den sie dort nicht umdrehten. Die Männer scharrten mit den Füßen, Maria setzte sich an die Spitze des Zuges, machte halt vor der Clubtür, bemüht, die Erinnerung zu verdrängen.

Sie schellte, die Klappe öffnete sich.

Dieselbe Studentin wie beim letzten Mal, dasselbe türkise Kleid, ihre Augen flogen über die Gesichter der Beamten, sie verstand, öffnete die Tür, rief über die Schulter: »Chef, wir haben Besuch.« Die Polizisten schoben sie beiseite und schwärmten in alle Richtungen aus.

Maria lief nach hinten, im Spiegelzimmer kopulierte ein nacktes Pärchen mittleren Alters, sie streckte den Kopf in den Raum: »Sie haben eine Minute Zeit, sich anzuziehen«, eine Tür weiter, im violetten Zimmer ein Dreier, die Männer mit herabgelassenen Hosen, davor kniend ein Mädchen, die schmalen Handgelenke auf dem Rücken gefesselt. Maria sagte: »Polizei«, binnen Sekunden verschwanden die Männer, Maria trat ein, beugte sich über den jungen, glatten Rücken: »Erlauben Sie, bitte«, sie löste den Knoten, reichte dem Mädchen ein Badelaken, es hatte große Brüste, raffte das Tuch darüber zusammen.

Die Gäste waren an der Bar zusammengetrieben worden, das Pärchen notdürftig bedeckt, die Männer aus dem violetten Zimmer verbargen die Augen mit den Händen. Daneben stand Simon, musterte die Großbusige aus dem Augenwinkel.

Maria trat hinter den Tresen, von dort durch eine kleine Tür ins Hinterzimmer, das Büro war winzig, der tätowierte Chef breitbeinig vor dem Schreibtisch inmitten ihrer Beamten: »Scheiße, hier gibt es nichts zu finden, und lassen Sie meine Gäste gehen.« Maria mit einem Kopfschütteln: »Vergiss es.«

Sie ging in die Knie, begann, die Schubladen zu durchwühlen, der Chef war kein Freund von Ordnung, viele lose Blätter. Sie erhob sich, forderte ihn auf, den Rechner zu starten. Er mit verschränkten Armen: Er habe ja wohl keine Wahl.

Sein Blick für einen Moment auf ihrem Gesicht, dann plötzlich: »Magdalena!«

Maria wiederholte: »Der Computer, bitte.« Der Tätowierte setzte sich, seine Schultern zuckten von unterdrücktem Gelächter, er tippte ein Passwort. Ohne Maria anzusehen, sagte er, Frau Magdalena habe nächtens ihren String vergessen.

Sie stieß ihn beiseite, er sagte: »Hoppla, nicht so grob«, Maria nahm die Maus. Öffnete den Explorer, kümmerliche Dateien, kein Bildmaterial. Er: Da habe sie's, er sei unschuldig wie ein Lamm. Maria sah sich um, zu einem jungen Beamten: »Den Rechner mitnehmen.«

Der Tätowierte mit einer Verbeugung: Frau Magdalena solle ihn bald wieder beehren. Maria: Wenn er jetzt nicht die Klappe halte, nehme sie ihn mit ins Präsidium.

Der Tätowierte hob die Hände, nicht doch, nicht doch. Maria folgte den Männern, die mäßig gefüllte Kartons trugen, vorbei an erbosten Swingern, sie wollten ihre Smart Phones zurück, Maria schüttelte den Kopf, die gebe es frühestens morgen, sie dachte: auch wenn es unwahrscheinlich ist, dass ich darauf etwas finde.

Simon brachte Maria ins Büro, sie hatte Kopfschmerzen, brauchte dringend einen Kaffee: Er solle ihr die Kisten ins Büro stellen lassen, und außerdem einen Espresso, Simon holte Luft, um zu protestieren, sie fügte ein »Bitte« hinzu, dann: »Wird es bald?«

Sie saß mit gespreizten Beinen, hatte die Papiere auf dem Boden ausgebreitet, überflog sie zum zweiten Mal, wusste bereits, es war sinnlos. Jetzt konnte sie nur noch auf Detlefs Anruf warten.

Sie stand auf, ging hin und her, setzte sich in ihren Drehstuhl, trank den Rest kalten Kaffees, sah aus dem Fenster hinaus in die Schwärze.

Ihr Handy vibrierte, ein Griff in die Hosentasche, *Leo.* Sie drückte *Annehmen*, er wartete nicht, bis sie sich meldete: »Püppchen, komm zu mir«, sie würde seine Stimme unter Tausenden erkennen.

Alle Vorsätze vergessen: Sie warte noch auf das Ergebnis einer Durchsuchung, wie die Nacht dann weitergehe, wisse sie nicht, ihre Stimme heiser: Ich komme, Leo, aber es kann spät werden.

»Lass mich nicht warten!« Er hatte eingehängt.

Sie durchquerte den Raum, löschte das Deckenlicht, steckte das Handy in die Tasche. Wenn sie sich zusammenrollte, konnte sie in ihrem Drehstuhl an ihn denken. Sie warf die Turnschuhe auf den Boden, stieg in den Sessel, zog die Knie bis zum Kinn, schloss die Augen.

Licht flackerte auf, Detlef kam im Eilschritt auf ihren Sessel zu: »Du schläfst?«

Maria hielt eine Antwort für unnötig, reichte Detlef die Hand, ließ sich aus dem Stuhl ziehen, er mit triumphierendem Gesichtsausdruck: Voilà, die Liste und der Ring. Außerdem: Lucas Handy. Maria hellwach: »Luca habt ihr auch?«

Detlef nickte, Maria ließ sich umarmen, er roch nach Rauch und Männerschweiß. Noch in seinen Armen: »Ist das Handy empfangsbereit?«

Detlef: »Ja, Darling.«

Sie löste sich: »Wo ist die Liste?«, Detlef hob einen Plastiksack.

»Das geht erst morgen in die Forensik.« Sie wolle allein mit den Beweisstücken sein, er solle nach Hause gehen, dann: »Gut gemacht.«

Detlef: Das habe sie lange nicht mehr gesagt, mit Hundeblick: Er könne ein Bad und eine Rasur vertragen, sie sähen sich morgen früh zum Verhör, es sei auf acht Uhr angesetzt.

Er ließ die Tür ins Schloss fallen, Maria setzte sich an ihren Schreibtisch, zog ein Paar Handschuhe aus der Schublade, schüttete den Inhalt der Tüte aus, wusste sofort, dass es der richtige Ring war, nahm den Memorystick, steckte ihn in ihren Rechner.

Eine Word-Datei, unverschlüsselt, der Kretin machte es ihnen leicht. Die Liste enthielt Daten von diesem Jahr, Initialen, dahinter Telefonnummern, der letzte Kunde Detlef, D.S.

Tausendmal hatte sie ihm gesagt, er solle seine Initialen nicht verwenden.

Sie betrachtete das fremde Handy, ein Blackberry, öffnete noch einmal ihre Schublade, holte ein kleines Diktiergerät hervor, legte es neben den Blackberry. *Record.* Sie sah auf die Liste, wählte die Nummer hinter D.S., aktivierte den Lautsprecher. Der Blackberry tutete, das Prepaidhandy in Detlefs Schublade klingelte.

Sie legte auf. Zählte sechsunddreißig Nummern, noch hatte Detlef ihr nicht gesagt, was die Mitgliedschaft im Club der Nekrophilen kostete, ein paar tausend Franken dürften es sein, da kamen leicht hunderttausend zusammen.

Sie tippte die oberste Nummer, die Leitung blieb tot, manche mochten ausgestiegen sein. Eine Nummer aus der Mitte, achtzehn, eine unwirsche Stimme sagte: »Nicht jetzt«, Verbindung getrennt.

Marias Herz klopfte, das hier war wichtig, das hier war verboten, das Gericht würde nur mit Mühe und Not davon zu überzeugen sein, ihre persönliche Art der Beweisaufnahme zu akzeptieren. Sie druckte die Liste aus, schrieb hinter die achtzehn: männl., Deutscher, ev. Schwabe, ev. mittl. Alter, ev. untere Bildungsschicht, wahrscheinl. Raucher.

Mit Stimmen kannte sie sich aus.

Sie begann wieder oben, Nummer zwei und drei hoben nicht ab, Nummer vier eine Frau, die »Ja?« sagte; Maria lauschte, im Hintergrund lief ein Fernseher. Die Frau hängte ein.

Worauf hoffte sie eigentlich? Dass sich jemand mit Namen melden würde, war unwahrscheinlich; trotzdem fuhr sie fort, morgen schon könnte sich die Kunde von Lucas Verhaftung herumgesprochen haben.

Nummer fünf hob sofort ab: »Jetzt nicht«, die Worte dürften für einen Stimmabgleich reichen, sollten sie Luca die Namen entlocken können.

Sie würde ihn selbst verhören, vielleicht mit Detlef als good guy.

Keine Antwort bei Nummer sechs, dafür nahm die sieben ab: »Ich habe dir gesagt, du sollst nicht anrufen«, *sie würde seine Stimme unter Tausenden erkennen.*

Sie vergaß einzuhängen, die Stimme, die sie liebte, sagte: »Was ist jetzt?«, und: »Idiot«, die Leitung war gekappt.

Maria griff nach ihrem Stift, der Caran d'Ache zur Unterstützung der heimischen Industrie, schrieb hinter die sieben: *Keine Antwort*, fuhr das Diktiergerät zurück, löschte das letzte Gespräch.

Es war das erste Mal, dass sie Beweise unterschlug. *Es war das erste Mal, dass sie liebte.*

Ihr war speiübel, trotzdem arbeitete sie den Rest der Liste ab, funktionierte wie ein Automat, hatte am Ende zwölf Stimmproben für den Abgleich, Leos Stimme nicht mitgezählt, vier ungültige Nummern, neunzehn Mal keine Antwort.

Innerlich flehte sie, es möge eine andere Erklärung geben, vielleicht ermittelte er in derselben Angelegenheit, Staatsanwalt undercover, sie hatte das noch nie gehört, und doch, es mochte so etwas geben. Sie würde jetzt zu ihm fahren, die Angelegenheit zur Sprache bringen, bei einer Flasche Wein würden sie lachen über ihre Dummheit.

Sie zog den Memorystick aus der Buchse, legte ihn zurück in den Beutel, ebenso den Blackberry, in die Schublade zu Detlefs Handy. Seine Lederjacke hing noch an der Garderobe, die legte sie über die Schultern, ein Blick in den Spiegel, wenn Leo nicht ganz blind war, würde er sofort merken, dass etwas mit ihr nicht stimmte.

Auf der Treppe merkte sie, dass ihr Kopfschmerz verschwunden war, dafür ein Stechen in der Brust.

An der Pforte saß heute Nacht ein Junger, er sah kurz auf, dann wieder auf sein Smart Phone. Maria war schon an ihm vorüber, drehte noch einmal um, mit einem Satz auf ihn zu: Er solle das Ding wegtun im Dienst! Der Junge riss die Augen auf, verstaute das Handy in der Hosentasche, Maria schüttelte den Kopf, mehr über sich als über ihn.

Es war fast Mitternacht. Die Straßen am Berg verlassen, um null Uhr stellen sich die Laternen ab, Maria parkte am Straßenrand. Wenige Schritte bergab, hinter der Hecke schimmerte sein Pool, im hell erleuchteten Glashaus das Wasser ein strahlendes Blau. Er wartet auf mich.

Sie trat unter das Vordach, drückte auf den Klingelknopf. Leo öffnete, feuchtes Haar, ein Handtuch um die Hüften geschlungen, die Hunde zu seinen Füßen heute stumm, sie wedelten mit den Schwänzen.

Er sagte nichts, zog Maria an sich, beide Hände an ihrem Gesäß: »Maria«, seine Stimme brüchig. Maria trat zurück: »Leo, ich muss mit dir reden.«

Er schüttelte den Kopf, zog sie durch die Wohnung, auf dem Esstisch stand ein fünfarmiger Leuchter, von irgendwo ein Cello-Solo, weiter auf die Terrasse, er fasste Maria um die Taille: Sie solle nicht fallen, sein zärtliches Lachen, weiter über vereiste Fliesen, die Hunde hechelnd hinterher.

Der Eingang zum Poolhaus stand offen, die Oberfläche des Wassers kräuselte sich, Leo musste eben noch geschwommen haben. Er schob Maria nach drinnen, feuchte Wärme auf ihrer Haut, sie sagte: »Ich bin nicht darauf vorbereitet zu baden«, noch einmal: »Ich wollte mit dir reden, Leo.«

Er trat einen Schritt auf sie zu: »Du bist immer bereit, glaub mir«, er fasste ihr Kinn: »Bitte, Liebling.« *Liebling.*

Sie könnten hinterher reden.

Maria zog den Pullover über den Kopf. Leo: »Schneller«, sie öffnete die Knöpfe ihrer Jeans, Leos Hand schon in ihrem Höschen: »Siehst du, ich hatte Recht, Püppchen.«

Er griff nach ihrem BH, schob ihn unter die Brüste, löste das Handtuch von seiner Hüfte, einen Moment blieb es an seiner Erektion hängen, fiel hinab. Er lachte, hob Maria an wie eine Feder, hielt sie einen Moment in der Luft, warf sie ins Wasser, noch in Dessous, es war warm, fast fünfunddreißig Grad. Er sprang hinterher und drängte sie an den Beckenrand.

Die Stirn an ihre gelehnt, sein Glied stand verschwommen im Wasser. Maria leise: »*Ich* habe dich heute angerufen«, sie schob ihn von sich, sah ihm in die Augen: »Auf dem Prepaidhandy … das war ich.«

Er blickte an ihr vorbei, richtete sich auf, strich das Haar nach hinten, jetzt schien es schütterer als zuvor, er hob die Arme, legte die Hände auf ihren Kopf, drückte sie in die Tiefe, Maria schluckte Wasser, ruderte mit den Armen, das Leben wich aus ihr, da ließ er los; sie tauchte auf, schnappte nach Luft.

Leo: »Sprich mir nach: Es gab kein Handy.«

In Marias Lunge brannte Feuer: »Es gab kein Handy.«

Er stemmte sich am Beckenrand hoch, schlüpfte in ein Paar Slipper, sah sich nicht mehr um, die Hunde folgten ihm nach draußen.

Die Türen standen offen. Maria kletterte aus dem Wasser, nass in ihre Kleidung, nahm Schuhe und Strümpfe in die Hand, barfuß auf die Terrasse, über den gefrorenen Boden.

Die Terrassentür war angelehnt, keine Spur von Leo und den Hunden, sie eilte durch das Wohnzimmer. Die Kerzen brannten noch, das Cello in einer Endlosschleife, sie erreichte den Hauseingang. Vor dem Haus zog sie die Schuhe an, lief zum Auto, öffnete die Fahrertür, ließ sich hinter das Lenkrad fallen, zitterte so stark, dass sie das Schloss nicht traf, nahm die linke Hand zu Hilfe. Glaubte bis zum letzten Moment, er werde hinter ihr auftauchen.

Als sie zuhause eintraf, war es drei Uhr, wie sollte sie den nächsten Tag überstehen; sie zog sich auf der Treppe aus, warf ihre Kleidung in die Waschmaschine, Hose, T-Shirt, Unterwäsche, stieg im Gästebad unter die Dusche, ließ heißes Wasser auf ihren Kopf prasseln, bürstete sich die Zähne, bis es blutete, bestrich die wunden Fußsohlen mit Salbe, fiel in ihr Bett.

Dann lag sie auf dem Rücken.

Alles vorbei.

Halb sechs, sie stand auf, blickte in den Spiegel, ihre Skleren blutunterlaufen. Sie ging in die Küche, ein einziger Schmerz, die Füße, das Geschlecht, der Kopf.

Kaffee. Und ein Schmerzmittel. Sie schlich die Treppe hinauf, durch Hannes' Schlafzimmer ins Bad.

Sie nahm alles, was sie fand, zwei Tabletten von jeder Sorte, mindestens zwanzig Tropfen Tramal, legte sich auf den Teppich und wartete, schlief beinahe ein, zwang sich aufzustehen. Als der Schmerz nachließ, verließ sie das Bad in Watte gepackt. Sie wusste, Hannes war längst wach; wenn er ihr jetzt nicht folgte, war selbst *er* endgültig verstummt.

Im Ankleidezimmer der Kinder. Sie öffnete eine Schranktür, strich über Elisabeths Kleider, nahm das Graue mit den rosa Tupfen, legte es bereit über den Stuhl, eine Strumpfhose daneben, die Unterwäsche mit Herzen. Für Heinrich Hemd und Pullunder, Jeans, Boxershorts. Reisefein, vielleicht würden sie heute nach Italien fahren. Freitag vor Weihnachten, die Kinder haben frei.

Sie holte sich einen zweiten Kaffee, kehrte zurück vor den Spiegel, beschloss, sich schön zu machen an diesem Tag, der keinem anderen ihrer Laufbahn glich. Schminkte sich, schlang einen Knoten, zog Strümpfe an, Rock und Bluse, kniehohe Stiefel, legte sich zuletzt einen silbernen Fuchspelz über die Schultern.

Draußen funkelten die Sterne, Maria erkannte Jupiter und Saturn, die in dieser Nacht nah beieinander standen, aber schon entfernten sie sich wieder.

Sie stieg in den neuen Mercedes, stellte den Tempomaten auf dreißig, ihre Reaktionszeit dürfte deutlich verlangsamt sein.

Im Präsidium noch immer der junge Pförtner, auch er nach der Nacht mit roten Augen, er sprang auf, als Maria kam.

Sie lächelte, stellte sich vor, eifrig schüttelte er ihre Hand.

Halb acht, in ihrem Büro Licht, sie stieß die Tür auf, Detlef auf Zehenspitzen mit dem Rasierapparat vor dem Waschbecken, auf dem Rand ein Becher: Er habe keine Zeit gehabt, sich zu rasieren, ihr Gesicht erschien neben seinem, Gott, sie sehe furchtbar aus.

Maria: »Hör auf«, er nahm den Becher, drückte ihn Maria in die Hand: »Da, ganz frisch«, sie setzten sich, Detlef übertönte das Brummen des Rasierapparates: »Sie bringen Luca kurz vor acht hierher«, ob sie eine Strategie verfolge.

Maria nickte.

Detlef wies auf ihren Tisch: Er habe ihr eine E-Mail von Leuthold ausgedruckt, der müsse heute früh um fünf mit der Obduktion angefangen haben, er wolle sie sehen.

Sie starrte auf den Zettel, die Buchstaben tanzten: Was da stehe?

Detlef: »Er zitiert dich zu sich, mehr nicht«, endlich stellte er das Gerät ab.

»Hoffentlich wartet Leuthold nicht mit der Leiche auf«, Maria biss sich auf die Unterlippe, »das würde mir den Rest geben. Irgendwas aus der Forensik?«

Detlef deutete auf ein anderes Blatt: »Die waren auch fleißig. Haben die Infusion der kleinen Suzane untersucht. Einstiche in den Stopfen, aber das sei normal. Die spritzen dauernd irgendwas da rein.« Er beugte sich über den Zettel. Es sei aber etwas drin gewesen, was dort in der Menge nicht hineingehöre: Calcium. Verursache in hoher Dosierung Herzstillstand, jetzt komme es drauf an, ob sich das in Chiaris Obduktionsprotokoll wiederfinde.

Es klopfte, ein junger Beamter mit Pickeln im Gesicht: Der Verdächtige warte im Verhörraum, ob er für Kaffee sorgen dürfe? Maria: Einen Liter, schwarz, bitte, sie hievte sich aus ihrem Stuhl, zu Detlef: »Hör zu«, sie wolle zuerst mit Luca allein sein, nur zwei, drei Fragen, dann könne er ihn haben.

Detlef hielt die Tür auf: »Ich lass dich nicht gern allein, Süße«, aber wenn sie meine. Maria zu betäubt, ihm über den Mund zu fahren.

Der Verhörraum befindet sich im Erdgeschoss, hat grau gestrichene Wände, ein Tisch, zwei Stühle, ein Beamter an der Tür zu Marias Schutz.

Der Kretin saß schon, ebenso übernächtigt wie Maria, noch immer in seiner Lederkluft. Sie setzte sich ihm gegenüber, bat den Beamten um Kaffee für sich, Wasser für den Häftling, schaltete das Mikrofon ein, lehnte sich zurück, betrachtete das aufgeschwemmte Gesicht: Man werde ihn anklagen wegen Mordes, Störung der Totenruhe und Handel mit kinderpornographischem Material.

Der Kretin regungslos, Maria beugte sich vor: Er könne seine Lage verbessern, indem er ein Geständnis ablege. Noch immer keine Regung. Maria: Er soll ihr verraten, wer ihm geholfen habe.

Ihr Kopfschmerz kehrte zurück, sie nahm einen Schluck Kaffee, der Kretin daraufhin: Er wolle auch eine Tasse. Maria mit einem Kopfschütteln: Sie wisse, dass seine Mutter ihn decke. Luca fuhr auf: Die bleibe aus dem Spiel!

Maria überrascht von seiner Heftigkeit, aha, er liebe seine Mutter, sie glaube aber nicht, dass die das Gleiche für *ihn* empfinde. Lucas Gesicht nahm Farbe an.

Maria erhob die linke Hand: »Noch etwas Persönliches«, sie öffnete die Faust, eine Schachtel Zündhölzer fiel auf den Tisch, ob er im *Vogelnest* Kundschaft angeworben habe?

Die Lider des Kretins zuckten.

»Es gibt Kaffee, wenn Sie mir antworten«, Maria winkte dem Beamten: Kaffee, so viel er will, für den Herrn. An Luca gewandt: »Das Verhör wird noch einige Stunden dauern.«

Er schob den Unterkiefer vor: *Vogelnest*, ja, da sei mal einer gewesen, er beugte sich über den Becher, sog den Dampf ein, Maria: »Groß, dunkelhaarig, blaue Augen?« Der Kretin nickte.

Leo, ach, Leo.

Sie steckte die Schachtel in die Gesäßtasche ihrer Jeans.

Es würde Ärger mit Detlef geben, der hinter der Spiegelscheibe stand, sich keinen Reim machen konnte auf das, was sie tat.

Sie erhob sich, würdigte Luca keines weiteren Blickes, *Mörder, Kinderschänder*, und verließ den Raum. Stieß vor der Tür auf Detlef, sein Kopf hochrot: Was das für eine Schachtel gewesen sei? Maria an ihm vorbei: Privatsache, er könne weitermachen. Sie ließ ihn stehen.

An der Pforte jetzt wieder der Alte.

Sie baute sich vor ihm auf, stützte die Hände auf sein Pult: Er solle ihr ein Schmerzmittel geben, bitte, aber ein starkes, und seinen Pullover.

Der Alte hob die Brauen, kramte in seiner Schublade: Hier habe er zwei Tabletten, unverpackt, leider, er hoffe, es sei das Richtige. Dann griff er hinter sich, nahm die Jacke: Die hätte er gern bis achtzehn Uhr zurück, Frau Kommissarin, seine Frau habe sie gestrickt. Maria mit einem traurigen Lächeln: Er sei ein glücklicher Mann.

Sie ging vor die Tür, die Tabletten auf ihrer Zunge zerfielen, als sie schluckte, überkam sie ein Brechreiz, fast verlor sie den Halt.

Das Handy vibrierte, *Leuthold*, Marias Stimme belegt: Sie sei gleich bei ihm.

Ihr Kopf drehte sich, unmöglich, an einem Tag wie diesem selbst zu fahren, zu einem vorübergehenden jungen Beamten: Er solle alles stehen lassen und sie in die Gerichtsmedizin bringen.

Eine Verbeugung, der Junge ging voran zu einem Streifenwagen. Er öffnete die Beifahrertür, wartete, bis Maria saß, nahm hinter dem Steuer Platz, legte die Hand an den Zündschlüssel, hielt inne: Ob er etwas fragen dürfe, Frau Kommissarin. Maria: Aber ja, obzwar sie gleich ihre Ruhe brauche.

Der Junge verlegen: »Ich bitte um Verzeihung, nur dies.« Ob Frau Kommissarin immer ihrem Gewissen gefolgt sei?

Maria: »Bis heute schon.«

Der Beamte: »Wenn Sie erlauben, ich will mir ein Vorbild an Ihnen nehmen.«

Sie fuhren durch dichten Verkehr, Maria sah, es war der Junge mit den Pickeln, er dürfte keine zwanzig sein.

Der Wagen hielt vor der Gerichtsmedizin, Maria langsam: »Merci, Herr Kollege, Sie haben mir sehr geholfen.« Der Junge: »Keine Ursache.« Er sprang aus dem Wagen, lief zur Beifahrerseite, öffnete ihr die Tür.

In der Gerichtsmedizin Leere, *Totenstille*, dachte Maria, ihre Schritte hallten im Gang.

Am Ende die Schwingtür, Maria klopfte an die Milchglasscheibe. Derselbe Assistent wie vor ein paar Tagen öffnete, die Schürze fleckig, *Suzanes Blut.*

Der Assistent: Dicke Luft, wie oft am Tag sagte er das, und sie solle eintreten.

Leuthold kurzsichtig vor einem Leuchtschirm, er hatte Maria den Rücken zugewandt: »Da sind Sie ja.« Er drehte sich um: »Kommen Sie«, er setzte seine Brille auf, und als Maria ihm gegenüberstand: »Es geht Ihnen nicht gut.« Sie sehe aus wie eine Leiche, ein gehässiges Lachen, er zeigte gelbe Zähne: Statt Botox empfehle er acht Stunden Schlaf.

Das würde sie ihm heimzahlen, eines Tages. Für heute fragte sie, was er für sie habe?

Sie war an den stählernen Tisch getreten, vor ihr der offene Bauchraum des Kindes, sie schloss die Augen, jetzt nur nicht kollabieren, das spräche sich in Windeseile herum.

Leuthold zog Handschuhe über: Noch nie habe er eine so schlecht verschlossene Leiche gesehen, da war jemand voller Hass am Werk, dass sie das bitte zu Protokoll nehme.

Maria starrte auf das Gemenge, Übelkeit überwältigte sie: Sie habe den Täter. Leutholds Kopf schoss nach oben.

Maria in kleinen Schritten rückwärts: Ob sie draußen sprechen könnten. Es sei nicht ihr Tag.

Leuthold: Das sehe er, die Handschuhe landeten auf dem Boden, der untersetzte Assistent sprang herbei. Er könne es kurz machen, Leuthold überholte Maria, hielt ihr die Schwingtür auf, das Opfer habe Calcium im Blut gehabt, eine tödliche Dosis, über 20 mg/dl, das mache einen schönen, sauberen Herzstillstand, ein Zusammenhang, den die Frau Kollegin aus der Kindermedizin übrigens übersehen habe.

Maria lehnte sich an die Wand, dann also auch Chiari.

Sie schloss die Augen, Leuthold aus zusammengekniffenen Augen: »Meine Liebe, trinken Sie einen Kaffee oder besser noch einen Schnaps«, er schreibe jetzt ihren Bericht. »Nach dem Schnaps empfehle ich, das Bett aufzusuchen. So sind Sie eine Gefahr für die Menschheit.« Wieder seine gelben Zähne, er verschwand in seinem Zimmer.

Maria gegen die verschlossene Tür: Ja, aber vorher müsse sie noch etwas erledigen.

Sie setzte einen Fuß vor den anderen, dann stand sie vor dem Pförtner: »Rufen Sie mir ein Taxi.«

Sie geht hinaus in die Kälte. Kurz vor neun, eine blasse Sonne steht am Himmel.

Er dürfte noch im Bett liegen, *ich schlafe immer bis um neun.*

Das Taxi kommt, Maria setzt sich auf die Rückbank, rückt ans Fenster, so dass sie sich im Rückspiegel sieht: Tiefe Falten ziehen von der Nase zu den Mundwinkeln, der Pelz macht sie auch nicht jünger.

Der Wagen hält, sie gibt zehn Franken extra, bittet den Fahrer zu warten und den Hauseingang im Auge zu behalten.

Die Fenster zu Leos Wohnung dunkel, *Gott, lass ihn zuhause sein,* noch einmal wird sie nicht den Mut finden, das hier zu tun.

Sie bleibt vor der Haustür stehen, legt den Finger auf den Klingelknopf, die Dackel sind in Windeseile an der Tür, dann Schritte, der Schlüssel dreht sich im Schloss.

Leo in Boxershorts, der mittlere Knopf steht offen, er sieht übernächtigt aus und schön, von oben auf sie hinab: »Du willst mich verhaften.«

Maria starrt auf einen Fleck zwischen seinen Augen und nickt: »Zieh dich an.«

Er verschwindet durch den Flur, die Dackel streichen um ihre Beine. Maria fragt sich, ob er über die Terrasse geflohen ist, da kehrt er zurück in Jeans und Kaschmirpullover, Lederjacke, einen Leinenbeutel in der Hand. Er bückt sich hinunter, sagt zu den Hunden: »Für euch wird gesorgt.«

Seine Hand in Marias Rücken: Nelson habe wirklich einen Narren an ihr gefressen, dass er sie jetzt nicht auf der Stelle verspeise.

Der Haustürschlüssel liegt auf einem Tischchen neben dem Eingang, Leo schließt ab. Das Kläffen der Dackel dumpf durch die geschlossene Tür. Leo: »Unser Taxi?«

Maria nickt, geht voran, öffnet ihm die hintere Wagentür, wartet, bis er Platz genommen hat und durchgerückt ist, setzt sich neben ihn: »Zum Präsidium.« Ihre Hände berühren sich, das Taxi fährt los.

Sie blicken in entgegengesetzte Richtungen. Maria zieht ihr Handy aus der Tasche und schreibt: *Hannes. Sind die Koffer der Kinder schon gepackt?*

Das Taxi hält an einer Ampel. Ein altes Paar überquert die Straße.

Sie drückt auf *Senden.*

Sie ist allein.

Und das ist ein Anfang.